全民阅读·经典小丛书

瓦尔登湖

［美］梭罗 著　冯慧娟 编

吉林出版集团股份有限公司

版权所有　侵权必究

图书在版编目（CIP）数据

瓦尔登湖 /（美）梭罗著；冯慧娟编. —长春：吉林出版集团股份有限公司，2015.6（2025.1重印）
（全民阅读. 经典小丛书）
ISBN 978-7-5534-7802-9

Ⅰ.①瓦… Ⅱ.①梭…②冯… Ⅲ.①散文集－美国－近代 Ⅳ.①I712.64

中国版本图书馆 CIP 数据核字 (2015) 第 128311 号

WAERDENG HU

瓦尔登湖

作　　者：	［美］梭罗 著　冯慧娟 编
出版策划：	崔文辉
选题策划：	冯子龙
责任编辑：	王　媛
排　　版：	新华智品
出　　版：	吉林出版集团股份有限公司
	（长春市福祉大路 5788 号，邮政编码：130118）
发　　行：	吉林出版集团译文图书经营有限公司
	（http://shop34896900.taobao.com）
电　　话：	总编办 0431-81629909　营销部 0431-81629880 / 81629881
印　　刷：	吉林省金昇印务有限公司
开　　本：	640mm × 940mm 1/16
印　　张：	10
字　　数：	130 千字
版　　次：	2015 年 10 月第 1 版
印　　次：	2025 年 1 月第 4 次印刷
书　　号：	ISBN 978-7-5534-7802-9
定　　价：	48.00 元

印装错误请与承印厂联系　电话：18604312011

前言

FOREWORD

　　《瓦尔登湖》是美国早期文坛巨匠、超验主义哲学先驱梭罗的代表作，是当代美国拥有读者最多的散文经典。在美国国会图书馆的评选中，它曾与《圣经》一起被评为"塑造读者人生的25部首选经典"。

　　梭罗是19世纪美国最具世界影响力的作家、哲学家，他崇尚自然，提倡过一种简单质朴的生活，使思想深刻而丰盈，进而追求人生的完美。《瓦尔登湖》就是这一思想的集中体现。梭罗的文章简洁凝练，质朴自然，富有哲理，在美国19世纪散文中独树一帜。他的思想也深深地影响了托尔斯泰、马丁·路德·金、"圣雄"甘地等人。

　　《瓦尔登湖》创作于1845年。该书记录了作者隐居瓦尔登湖畔，回归自然，在躬耕自足的简单生活中深入思考与重塑自我的历程，是一部蕴含了深刻哲理的散文集。在

前言 FOREWORD

他笔下，人与自然、超验主义思想交融汇合，浑然一体。这是一本宁静恬淡、清新自然、引人深思的书，作者在书中生动地描绘了他所体验到的自然界，尤其是对春天、黎明和黄昏都有优美细致的描写，并结合现实生活进行深刻的反思与批判，见解独特，耐人寻味。

《瓦尔登湖》具有一种使人沉静的力量，它的意义将会随着时间的流逝而增强。在这个生活节奏日益加速的时代，我们无疑更需要这样的经典！

目录

CONTENTS

经济篇……………………………… 〇〇八
我生活的地方，我为何生活…… 〇二二
阅读……………………………… 〇三八
声………………………………… 〇四八
寂寞……………………………… 〇五五
访客……………………………… 〇六四
村子……………………………… 〇七一
倍克田庄………………………… 〇七八
更高的规律……………………… 〇八四
禽兽为邻………………………… 〇九三
室内的取暖……………………… 〇九九
冬天的禽兽……………………… 一〇七
冬天的湖………………………… 一一四
春天……………………………… 一二一
结束语…………………………… 一四二

瓦尔登湖

经济篇

以下诸篇，或者说它们中的绝大部分文字，都是我在瓦尔登湖畔的森林中写成的 。瓦尔登湖位于马萨诸塞州的康科德镇。那时，我一个人在方圆一英里内没有任何邻居的森林中生活，住在我自己搭的木屋里，一切起居全靠自己。那样的生活持续了两年零两个月。而今，我再度成为文明世界中的寄居者。

关于我那时的生活方式，镇上的人曾百般探询——如果不是这个缘由，我多半不会像这样强迫读者来关注我自己的私事。而这样的探询，有些人大约觉得过于鲁莽了——虽然对我来说，也并非全是这样。甚至鉴于当时的境况，我倒也觉得很自然，且在情理之中。有的人问我以什么为生；有的人问我是否会寂寞；有的人问我是否害怕，诸如此类。其他人则对我拿出多少钱捐给慈善事业这样的事非常好奇，还有一些拥有大家庭的人很想知道我收养了几个贫困儿童。对这类问题的解答我会在本书中提到。而对此没有兴趣的读者，就请见谅了。很多书都避免用第一人称写作，而这本书与其他书的区别就在于它保留了这个称谓，而且频繁使用"我"。事实上,我们大概忘记了,在任何作品中都是以第一人称发言的。如果我对谁的了解像对自己这样深刻,我便不会谈这么多自己的事,可惜我浅薄的阅历却使我不得不局限于这一主题。不过话说回来,我认为对每个作家来说,或迟或早,都需要对他自己的生活进行质朴而真诚的叙述,而不仅仅是描摹别人的生活。那种描述类似于他在远方给亲人写信话家常一般。因为一个人如果真诚地活着,则必定是生活在离我很远的地方。也许下边诸篇,对那些贫寒的学生更显适宜。而其他读者,我相信他们也会各取所需。毕竟没有哪个人会为了穿上不合适的衣服而把线撑破——因为他所需要的应该是适合他的衣服。

……

我发现年轻人——那些我们镇上的同胞真是不幸,一生下来就

别无选择地继承了农场、农舍、谷仓、牲畜和农具——毕竟这些东西都是得来易，舍弃难。反倒是，如果他们诞生在空旷的牧场上，由狼来哺育还更好些。这样一来，他们便能认清自己辛勤劳作的环境是多么恶劣。是谁让他们成了土地的奴隶？为什么有人能够坐享60英亩田地的供养，而有人却注定只能忍辱负重？为什么他们一出生就要自掘坟墓？他们要想活出个样来，就不得不推动这一切，并且不懈努力，尽量把日子过好些。多少个卑微却又不朽的灵魂，我眼看着他们几乎被生活的重负压垮、窒息。他们匍匐在人生的路途上，推动着他们面前那个75英尺长、40英尺宽的大谷仓，推动着那个从未打扫过的奥吉亚斯牛圈，还有上百英亩的土地，耕地、割草、放牧，还要护林！那些没有继承产业的人，自然没必要挣扎在这种祖传的不必要的累赘之下。但事实上，为了生存，他们这些人也不得不委曲求全地拼命劳作。

  人在一个谬误之下劳作。随着日夜耕耘，人们最美好的年华很快便随着犁头融入泥土，化作肥料。正如一本古老的书里说过的那样，人被一种似是而非的命运支配，通常人们称其为"必然"。人们把财宝藏起来，财宝却遭到飞蛾和锈霉的侵蚀，甚至还招来盗贼。这样的一生是愚蠢的，如果他们生前难以觉悟，那么在弥留之际终会明白这一点。杜卡利翁和皮拉在创造人类时，据说是把石头扔到背后去。诗云：Inde genus durum sumus, experiensque laborum, Et doeumenta damus qua simus origine nati. （这两句拉丁文诗源出罗马作家奥维德的《变形记》第一卷，第414~

415行。大意是:"自此人成为坚硬物种,历经劳苦,给我们证明我们来自何方。")

此后,罗利也回应了两句诗,非常醒目,铿锵有力:"自此人心坚硬,任劳任怨,以证明我们的身体本为岩石之质。"

他们把石头自头顶扔向身后,对它们落在何处则视而不见,可见对蹩脚的神谕他们实在过于盲从。

仅仅由于无知和谬误,大部分人,即便他们生活在这个相对自由的国度,也被满脑子人为的忧虑和忙不完的粗活主宰着,乃至于连生命的丰硕果实他们都无法尽情采摘。过度的操劳使他们的手指变得粗笨、颤抖,而不便于采摘了。可不是嘛,那些整日劳作的人,根本就没有空闲使自己的生命获得真正的完美:他无法使人与人间那种具有男子汉气概的关系得到持续;他的劳动总是会在市场上贬值。他没有时间去成就任何大事,除了操作一台机

器外一无是处。要他怎么记起他的无知呢——正是无知使他存活和成长——他不是一直都在运用他的知识吗？有时，在对其进行品评之前，我们需要无偿地保证他的温饱，并以我们的方式使他恢复本性。人性中最美好的品质，正如果实上的粉霜，唯有用最轻柔的手法才能完好地保有它们。然而，人与人之间的相处，最鲜见的便是这柔情。

你们当中，有些人很穷苦，觉得活着很累，有时候甚至累到喘不过气，这些情况我们都知道。我毫不怀疑你们当中有人连吃饭的钱都付不起；有人即便穿着快破损或已经破裂的衣服和鞋子，却没钱去换新的；有人即便能忙里偷闲来这里看上几页书，那工夫也是从债主那里硬挤出来的。竟有这么多人在过着如此卑微的生活，这是不争的事实，因为经验已把我的眼力磨得敏锐：你们总是身陷窘境，本想做点生意来还债，却又陷入了那个非常古老的泥潭——那个被拉丁文称之为Aes Alienum，也即他人的钱财中，你知道有些钱是铜铸的钱币；你们就在他人的铜钱中出生并死亡，然后被埋葬；你们发誓明天就把债还清，明天就还，可直到死，这承诺也没有兑现；你们求宠于人，绞尽脑汁地假装顺从，以便能逃脱牢狱之苦；你们欺骗、谄媚、奉承，让自己龟缩于一个看似端庄的硬壳里，或者夸张地表现出一副稀薄如云雾般的大度模样，以便得到邻人的信任，这样他们会允许你们为其做鞋、制帽、制衣、造车，甚至代其购买食品；你们本想未雨绸缪地攒钱以防病了没钱医治，结果到头来却把自己累病了。无论那些钱是多还是少，也不管是在什么地方,你们费尽心机地把积攒的钱藏在一只破柜子里,或者是布满灰泥的袜子里,甚至为了更保险而把它存在银行里。

……

绝大多数人都生活在沉默的绝望之中。所谓惯性的绝望便是放弃与命运搏击,是听天由命。从绝望的城市,你又走到绝望的村庄,还得用像水貂和麝鼠一样的勇敢来抚慰自己。这是一种陈腐的下意识的绝望,它甚至潜藏在人们所谓的游戏和娱乐之下,而两者之中都无消遣可言,因为真正的放松只能在工作之后。不过,智慧的表征之一便是不做绝望的事。

什么是人类的终极目标,什么是人生真正的必需品和生存方式?当我们用教义问答的语言去思考时,仿佛人类曾因为不喜欢别的任何方式,而有意识地选择了这种共同的生活模式似的。

他们很清楚这其实已经是别无选择，但警醒而健康的人不会忘记每一天都是崭新的，驱除偏见永远都不算晚。除非有确证，我们不能轻易相信任何既定的思想与行为，不管它们有多么古老。也许在今天尚且被认可或默许的真理，明天就会变成谬误，成为思维的云烟，但这云烟还一度被视为祥云，能化作甘霖滋润土地。老人们劝你不要做的事情，你尝试了，发现自己可以办得到。老人们有他们自己的一套，年轻人有新的方式。以前的人或许不懂得添加新燃料便可使火持续燃烧，年轻人却懂得放一点干柴在水壶底下烧水，甚至还能以飞鸟的速度绕着地球转呢。正如谚语所言："气死老头子。"年长的人未必能给年轻人更好的指导，甚至能有指导的资质，因为他们虽不无收获，但却没有失去得多。人们完全可以对绝顶聪明的人表示质疑，因为关于生活的绝对价值，他们又能懂得多少呢？坦白讲，老年人并没有什么特别重要的建议能给予年轻人。他们必须认识到其自身的经验有多么支离破碎，他们的生活又有多么凄惨和失败；他们可能还保有若干掩饰那些悲惨经历的所谓的信念，只可惜他们已经失去了年轻这个资本。在这星球上我活了三十来年，但从未听到过长者们哪怕一句有价值或是诚挚的忠告。从他们那里我什么也没有得到过，或许他们本来也没什么中肯的话可告诉我。生活就是如此，在很大程度上，生活就是一个我还没有尝试过的实验；老年人自己尝试过了，但对我来说却毫无价值。如果我有任何我觉得有价值的体验，我肯定会想，这一切长辈们怎么压根就没提到过呢？

……

一些人认为，先驱者已经探索了人生的各个领域，无论是高峰还是低谷，而且他们对一切事物都给予过关注。用熙爱芙琳的话来说就是："智慧的所罗门曾为树木中间应保持的距离而颁布法令；罗马地方官也曾对一些琐事有相关规定，比如你可以多少次到邻家的地上去拾坠落的橡树果子而不算非法乱闯，并对多少果子归属邻人也做了规定。"希波克拉底甚至还传下了一份指甲修剪说明书，即告诉人们指甲不宜剪得太长或太短，要与手指齐平。无疑，生活的享受和欢愉已被烦躁和无聊消耗殆尽，然而这种无聊却同亚当一样古老，但是人的潜力还从未得到衡量。我们更不能用老眼光来判断一个人的能力，所谓先例毕竟太少了。不管你曾经怎样一败涂地过，"不要难过，我的孩子，没人能指派你去做你未曾完成的事"。

……

我认为，比之于我们所做的，我们可以坦然相信的其实更多。我们减少一些对自己的关注，便可以把真诚的关怀分给其他人。正如适应我们的长处一样，大自然也适应了我们的弱点。有些人总是心情郁闷，充满焦虑，这几乎成了难以治愈的顽疾。我们生来就爱夸大自己工作的重要性，但是我们没有做的工作又有多少！如若是病了，又当如何？我们竟这样如履薄冰地活着！只要可以避免，我们就坚决不靠信仰生活，我们从早上到晚间都恪守此道，但一入夜却又开始违心地祈祷，并自己交付给未知的命运。我们被迫生活得如此面面俱到，充满真诚；我们尊重生活，而拒绝变革的可能。

我们自顾自地说,这是唯一的生存之道;可不明白从圆心能画出多少半径,生活的方式就有多少种。所有变革都是奇迹,值得深思,每一刹那都可能会有这样的奇迹发生。孔夫子有言:"知之为知之,不知为不知,是知也。"当一个人把想象的事实提炼为他的理论之时,不难预见,所有人最终都会在此基础上建立起他们的生活。

……

在我看来,所谓生活必需品,是指所有靠自己的努力收获得来的一切,从最初或是经过了时间的考验被认为是人类生活的不可或缺的一环。即使有人试图绕开这一环,也是极少数,他们或是由于野蛮,或是出于贫穷,甚至因为哲学上的缘故才不得不这么做。对许多人而言,具有这种意义的生活必需品只有一种,即食物——除非要寻求森林或山荫的遮蔽。对于大草原上的野牛来说,几英寸长的美味青草和一些冷水便是它们的必需品。野兽的生存必需品仅仅是食物和庇护之所。在这种情况下,人的生活必需品可非常明确地分为食物、住所、衣服和燃料。如果这些必需品不能得到确保,我们便无法自由地接受人生的真正问题,更无法展望成功了。人不仅创造了房屋，还制成了衣服，学会了烧饭。也许出于偶然，人们发现火可以带来温暖，并继而学会了利用。开始它还被视为奢侈品，而今，它则成为了烤火取暖的必需品了。我们看到猫狗也学到了同样的第二天性。住所和穿着都很合适，就能把体温保持到合理的程度。若住所太热，穿得太多，或是烤火温度过高，即外部比体内的温度高太多，那不就成烤肉了吗？自然科学家达尔文在谈火地岛居民时曾提到，当他们穿着衣服烤火尚且不觉得暖和时，那些离火很远的野蛮人赤身裸体，却"被火焰烤得汗流浃背了"，这真是令人震惊。与此类似，据说当一丝不挂的新荷兰人（即澳大利亚人）泰然自若地跑来跑去时，穿着衣服的欧洲人还瑟瑟发抖呢。难道野蛮人的坚强和文明人的睿智就不能相互结合吗？据李比希所言，人体是一个火炉，食物是保持肺部内燃的燃料。我们在冷天食量大些，热天则相对要少。动物的体温是缓慢内燃的结果，假如内燃过快，就会产生疾病和死亡；若是燃料缺乏，或通风装置出了故障，火焰便会熄灭。我们当然不能把生命的热量与火混为一谈，类比就到此为止。因此，如上所述，动物的生命一词几乎与动物的体温同义。因为食物虽然被视为内燃的燃料，但燃料只是用来煮熟食物，或从体外给人御寒。此外，住所和衣服也只是用来保持由此产生和吸收的热量。

所以，就人的身体来讲，最首要的必需品是保暖，从而使生命热量得到保持。我们因此而承受了怎样的苦痛啊！不仅要得到食物、衣着、住所，还有床铺——我们为那些睡衣而操劳着，我们从鸟巢和飞鸟的胸脯上掠夺羽毛来构筑住所中的住所，正如鼹鼠住在洞穴的尽头，并用杂草和树叶铺床！可怜人们总是习惯地抱怨说这是一个冰冷的世界，我们总是直接把大部分折磨都归咎于寒冷，无论是身体还是社会上的折磨。夏天，在某些气候之下，使天堂般的生活成为可能。燃料除了用于煮饭之外，别无用处。它的火就是太阳，许多果实靠太阳的光线就能煮熟。总体来说，食物的种类也更加丰富，并且获取也更容易，衣服和住宅几乎完全或至少有一半是多余的。根据我个人的经验，如今在这个国家，只要有少量工具，一把刀、一柄斧头、一把铲子、一辆手推车等就能生活了。对于勤学的人，还需要灯火和文具，再加上本书，而这些已是次要必需品，得到它们只需花很少量的钱。然而有不太明智的人，却跑到另一个半球上，到那些野蛮又不卫生的地方一心一意做起了生意，一做就是十年二十年，就是为了生存——也即为了生活得舒适而温暖——最后还是死在了新英格兰。奢华的人不是暖得恰到好处，而是热得反常。如我之前解释过的，他们是被烘烤的——当然，他们以时髦的方式烘烤自己。

　　绝大部分奢侈品和那些所谓的能使生活更舒适的物品，非但毫无必要，而且还会大大妨碍人类精神的提升。关于奢华和安逸，最富于智慧的人反而生活得比穷人还要简朴。古代的哲学家们，如中国、印度、波斯和希腊的先哲都是属于此类，他们外表上穷苦不堪，而内心世界却异常多彩。对他们我们知之甚少，但令人惊叹的是我们究竟还了解到一些。同样的情况也表现在离我们更近些的那些改革家——各民族的救星身上。一个人除非能站在我们所谓的甘贫乐苦这种有利的立场上,否则他就不可能成为一名公正而睿智的人生观察者。奢华生活产生的果实便是奢侈,无论在农业、商业、文学或艺术领域,都是如此。如今,哲学教授到处都是,哲学家却始终缺席。不过,教授毕竟值得羡慕,因其生活可羡。只是若做个哲学家,非但要具备绝伦精妙的思想,构架出一个学派,更要热爱智慧,并依智慧的昭示去过一种简朴、独立、宽容、诚信的生活。不仅在理论上解决一些生命问题,更要能用于实践。一般情况下,大学者和思想者的成功是一种朝臣式的成功,而不是帝王式的,也不是英豪式的。他们仅仅按照习俗去应付生活,实际上与其父辈所做的没什么两样,完全不是高贵人种的始祖。但为什么人类总在退化?是什么使家族日趋没落?削弱并毁灭国家的,究竟是怎样的奢靡?在我们自己的生命中,我们能否确保没有那种成分吗?甚至在外在的生活方式上,哲学家们都超越了他所处的时代。吃喝、居住、穿着、取暖,所有这些他们都与同时代的人采取的方式不同。作为哲学家,他们在保持生命热度的方式上怎么能没有更好的办法呢?

当一个人已在我所述及的几种方式下暖和了,接下来他想要什么呢?当然不会是更多温暖。他不会要求更多更丰盛的食物,更宽敞更辉煌的住宅,更精美更繁多的衣服,更大量、持久、灼热的火炉等。当他获得了生命必需品之后,就会舍弃过剩品转而谋求其他东西,也即他免于卑微劳作的假期开始了,现在他要去进行生命的历险。显然,泥土很适宜种子,因为泥土使它扎根,接着它便可以自信地使劲向上成长。为什么人在土里扎根后,却不能援例进入天堂?因为更高贵植物的价值是由那些最后在远离地面的空气和日光中成熟的果实来衡量的,而不是如卑微的蔬菜所受到的待遇那样。就算它们是两年生植物,也只是被养到根生长完全以后,而且还常被剪去顶枝,所以许多人都认不出花季。

  我并非想定什么条款给那些坚强勇敢的人——不论在天堂还是地狱,他们都会专注于自己的事。比起最富有的人,他们恐怕会把建筑搞得更华丽,挥霍得也更厉害,却不会因此搞垮自己。我们对他们生活的方式一无所知——假设这类人们梦想中的人物真的存在,而且我也不会给另一种人定出规章。他们正是从现实中得到鼓励和灵感,并珍惜现实,一如对情人的热爱一样——我把自己也归为这种人。还有一种人,他们在任何环境下都能安居乐业,而且他们知道自己是否真正做到了,对这类人我也不会说

什么。我的话针对的主要是那些对生活不满的人。当生活需要他们去改善之时，他们却只是懒洋洋地抱怨命苦或是时事多艰。有些人总是精力充沛而又无可救药地对任何事情都怨声载道，因为他们说他们尽力了。其实还有一种最可怕的人，他们外表阔绰，实际却是所有阶层中最为贫瘠的——他们积累财富却不懂得如何利用，也不懂得如何摆脱。这样的人无异于给自己造了一副金银的枷锁。

……

我生活的地方，我为何生活

当我们的生命走到某一阶段时，我们便会特意去查看每个我们有可能在那里安家落户的地方。正是由此，我细细地研究了我住所周围一二十英里内的所有田园。我决心买下所有田园，并早已打探清楚了它们的价格，我甚至已在想象中一一将它们买下——收归己有。我经常到每个农民的田间，尝几个他的野苹果，和他聊聊收成，再请他为自己的地估个价，然后就依这个价把地买下——其实我心里在盘算着以什么价钱再将地押给他。这时，我也许会出个更高的价钱。表面上我买下了一切，可我不立契约，因为我钟爱闲聊，我们的闲聊本身就是契约。与其说我在耕耘那片田地，我想不如说我是在耕耘他的心田。我乐在其中，满足后就扬长而去，他便可以接着耕耘他的田地。如此经营，我的朋友们竟然将我当作了地产中介。其实我不管身处何方，都无所谓，这一处的风景仍会为我而绚丽。房屋住宅，也只能算是一个座位，我多么希望这个座位是设在乡间的。我觉得许多住宅的位置总是老样子，人们会认为它远离村镇，可我却认为村镇离他实在太近了。我口头常挂着："好！

我就住在这里,我可以在那里过一小时的夏天或冬天。"而我深感时间飞逝,冬季过去了,便又是春天。在这片田园上,无论它将来的居住者安居在哪里,可以肯定的是,这里曾有人烟。只需半天时间我就可以化田地为树林、果园和牧场,还可以确定留下哪些优美的橡树或松树作为我庭院的修饰,甚至为那些已砍伐的树设计好最佳的未来。我就这样由着它的性子,就好像我正在休耕。如果一个人放下得越多,他便越富有。

我想得比这更多,我甚至在想有几处田园不愿转让予我,其实我更愿被人拒绝——我从不会为得不到哪一处田园而伤心。实际上,我的确碰到了这种事,那次我精心为我购置的霍乐威尔田园谋划着,在尚未签订合同前我就买好了种子和造小推车的木料,我是打算尽快敲定此事。不料正在我们签订合同时,他的妻子反悔了,她要保持她的田产了,于是他表示解除合同并补偿我10元钱。其实,在那时我只有1角钱,或者假设我有1角钱,又有了田园,外加10元钱,当我拥有了这一切,我都已经无法用我学的那点数学将它算清楚了。无论如何,我将那10元钱和那田园一并还给了他。我做得很大方,我按他卖给我的价钱又给了他,我知道他也不宽裕,又给了他10元钱。我自己留下了1角钱,还有种子和做小推车的木料。这样一来,我既慷慨解囊,又没有使我的生活变得更拮据。我甚至为自己留下了那片田园的景色而高兴,自此我年年丰收,而且我也不用推着小车承载它。

  我如同皇帝一样巡访了这片风景,
    没有谁能侵犯我的权利。

我认为霍乐威尔田园吸引我的正是它的隐蔽。从它到村子有两英里，而离它最近的邻居也有半英里远，更重要的是它远离公路。河流围绕着它，它的主人介绍说，这条河为这地方带来了雾，这里的春天没有霜，我却对这不以为然。这片田园上的屋舍笼罩着暗沉的色调，还有那残败不堪的围栏，就好像在我还没到来之前已经荒芜了多年；再看那苹果树，孤零零的枝杈，树身布满了苔藓和兔子咬过的痕迹，我想它们便是我未来的邻居了。可我的心中不曾放下那段回忆：早年时我曾逆流而上，那时我所见的是遮掩在火红的枫林中的屋舍，我所听到的是家犬的吠叫。我巴不得它立即就属于我，等不及它原来的主人清理那些大石头，砍伐那棵枯死的苹果树，移走那些新拱出的赤杨的幼苗……总之，我一刻也不愿意等待了。我喜爱上述的那些好处，我下定决心自己处理，就像阿特拉斯那样用自己的肩膀担起世界——据我所知，他不是也没得到任何回报，我愿一力承担，其中没有任何动机或是委屈，只等交付所有款项获得霍乐威尔田园，再不受谁的限制。这是由于我清楚我只需让它自由生长，它就会满足我所祈求的那种丰收。但后来的结果正如我上面说过的那样。

因此，我一直在建设我的园林，从事我那浩大的农事，而我只不过为这一切备好了种子。人们都说经年的种子会更好。我并不怀疑时间可以鉴别种子的好坏，我想哪一天我真的将它们播下去，它们是不会令我失望的。然而，我要忠告我的朋友，并且我只在此说一次，不再重复：你们要尽可能的自由生活，生活并不需要执着。

将自己的心思固守于一座田园，那和被关在监狱中没有什么区别。

是老卡托的《乡村篇》启蒙了我，我也曾讲过，只可惜我唯一读过的那个版本将这段话译得很是混乱："你若是想购置哪一处田园，与其得寸进尺地买下它，不如多在脑中想想它，还必须常常去拜访它，千万不要嫌麻烦，也不要觉得远远地围着它绕一圈就够了。倘若这是一处好田园，你前往的次数越多，你就越是喜爱它。"我觉得自己应该不是那种厚脸皮的人，我不会买下它。只要我活着，我就会去持续拜访它，哪日我归天，它将是我安息之地的首选——只有如此才能使我对它的喜爱日益加深。

上面所写，是我此类经验中的一例，我想在下面更加细致地讲讲，但为了清晰而有条理，暂且将两年并作一年来说。正如我所说，我是不会写一首悲怨的颂歌的，但我会像一只迎着曙光站在矮树上的金鸡放声高歌——纵然我这样做只是为我的邻居报晓。

还记得那是我在森林里居住的第一天，我整天在那儿，当然还在里面过了夜。说来真是巧，那天正是独立日，即1845年7月4日。当时我的屋子还没建好，不能过冬，只能遮风避雨。里面没有砖墙，没建烟囱，只是用那些饱经风霜的粗糙的木板隔了一下，其间有很大的缝隙，因此那个晚上很凉快。那挺直洁白的新柱子，那刚刚做好的平滑的门窗，使整个屋子整洁通风。尤其是在清晨，木料中浸着晨露，我总是由此想象着到了中午会从中流出甜蜜的汁液。在我的幻想中，这屋子还将一整天保持着这种清晨的味道，由此我回忆起了曾在去年拜访过的一处山顶小居，那是一间既通风又不带泥灰的屋子，适合于神仙在旅途中休息，还适于仙女停留。从我屋脊吹过的风就像那扫过山脊的风，它的歌声时断时续，仿佛天籁之音。晨风的歌声不曾停止，创世纪的诗篇不曾间断，而有幸聆听它的人太少了。其实，在那大地之外，处处都有如此有灵性的山。

如果不算我的那条船，曾经唯一属于我的屋子，只不过是一顶篷帐。夏天，我偶尔会带着它去郊外散心，而现在我已经将它妥善收藏在我的阁楼里了。可那船，在经过了几次转手之后，早已隐遁于流逝的时间中了。今天我已经有了真正能为我遮挡风雨的房屋，这也许是这些年来我生活的一大进步。尽管我的屋子不够结实，却是我全部心血的结晶——这一点对于它的建造者是多么的重要。它仿佛是一幅优秀的素描作品，其中有着无数的隐喻。它里面的空气清新自然，我根本没必要逃到外面的自然中去。我的前面竖有一扇

门，其实和没有门也差不多，即便是下雨的时候也是如此。哈利梵萨曾说："并没有哪一只鸟雀的巢穴会像从未调味的烤肉。"而寒舍恰巧不是这样，这是由于我发觉自己已与这些鸟雀成为了邻居。这并不是说我将它们中的哪一只放进了笼子，正相反，是我将自己关进了它们附近的笼子中。渐渐地，我不仅和那些常常拜访我园子的鸟雀形影不离，更是和那些更具野性的神秘的森林之鸟亲近了许多——它们好像还不曾为村镇一展它们华丽的歌喉，倘若曾经有过也是难得。它们是画眉、东方鸫鸟、红碛鹞、野麻雀、怪鸥和其他鸣禽。

我住在一个小湖畔边，这里在康科德村子以南一英里半的较高的地方，在城市与林肯乡之间的茂密层叠的森林正中，正处在我们这一带著名的康科德战场以南两英里的地方。然而由于我身处在高耸的森林之下，我的视线所及之地都被森林遮挡了，因此那半英里外的另一片湖岸就成为了我的地平线。我还记得，我在这里的第一个星期，不管我何时遥望这湖水，都觉得它仿佛是山间的龙潭，高高在上地看着它脚下的山，甚至它的湖底还要比其他湖泊的湖面高出许多。正是如此，我才在日出之时有幸目睹它换去那雾做的睡衣。有时它波光粼粼，有时它波平如镜，都慢慢逐一地呈现出来了。而那些雾呢，仿佛幽灵一样偷偷地隐入森林，又仿佛夜间的秘密集会的宗教组织散会一样。剩下的露水，要么挂在林间的树梢上，要么挂在山间，久久不散，直至第二天。

在8月的日子，当柔风细雨止住了脚步时，这小湖是我弥足珍贵的邻居，那时的空气和其中的水都仿佛凝固了似的。天空中乌云密布，下午还没过多少就已如同黄昏一样凝重，而画眉正在湖畔各处隔着湖对歌。此时的湖是那样的平静，湖上弥漫的空气新鲜却很稀薄，加之乌云的遮掩更是暗淡，然而湖面上却泛着微光，映着山色，成为一个令人珍视的地上的天空。从那个被伐空了的山峰向南看，经过山间的凹谷，可以看到一幅生动的湖景，那凹谷正好是湖的形状。那两道倾斜的下坡仿佛山谷中奔涌的溪流，其实根本没有溪流。我从这里郁郁葱葱的峰峦之间或是其上，遥望那远处的地平线上的层峦叠嶂的山峰。没错，只要我稍稍踮起脚尖，我还可以看到那些矗立在遥远西北的更蓝的群山，这蓝是天空颜料的原装。我还望到了村镇的一角。可是倘若从另一个角度说，尽管我身居高处，我的视线却无法逾越我四周的密林，我不能穿透密林看到任何景象。在这附近有流水可真好，因为水的浮力承载起了地面。就算是其中的一口小井也有它的可赞之处。当你向井底窥探时，你会恍然大悟：大地当然不是一片延绵不断的陆地，它是无数的孤岛。这点很重要，正如冰冷的井水可以保存住牛油的新鲜。我在洪汛期，曾穿过峰顶，越过湖泊，遥望萨德伯里草原，我意外发觉这片草原在上升，这也许是包围在迷雾中山谷呈现的缥缈奇异的景象。这草原仿佛沉于水底下的一块天然的硬币，而那些湖旁的陆地似乎很薄，它们是浮在片片微波上的孤岛——我才醒悟，其实我只不过是生活在一片干燥的土地上。

尽管在自家门远望，看到的东西少之又少，却不会让我觉得太过压抑,更不会有困兽之感。我的想象力无畏地驰骋,在湖的对岸是一片长有矮橡树的高原,由此向西是广袤的大平原和鞑靼式的草原,这里是流浪者最开阔的天地。达摩达拉在他需要更新、更大的牧场时,他说:"对于一个人,再没有什么能比自由地领略宽阔的地平线更让人兴奋了。"

物换星移,我的生活更贴近宇宙本身,仿佛已经处于历史长河中我最热爱的那个时代。我时常幻想,我居住的地方就如同天文望远镜中的太空一样遥远。正是在那些星球遥远偏僻的角落,有着既罕见又令人愉悦的地方,或许这个地方就在形似椅子的仙后星座的后面,那里能使我远离喧嚣。而我也发觉我正是将房屋建在了这样一个隐蔽之处,它是时变时新的天然世界的一部分。倘若我的居所

在昂星团或是毕星团附近，位于牵牛星座或天鹰星座的话，我会更加高兴。那么，至少让我真的在那些远离尘嚣的星座定居，而离我最近的邻居，也只有在那些没有月亮的夜晚才能看到它闪烁的柔美的微光，这便是我所要居住的地方。

在这世上曾有个牧羊人，他的思想如高山一样高耸。在那里，他的羊群每时每刻地滋养着他。如果他的羊群总是站到比他的思想更高的牧场上，我们会如何评价他的生活呢？

每一个清晨，大自然都会向我发出愉快的邀请，这使我同它一样单纯，或许是朴实无华。我如同希腊人一样虔诚地向曙光膜拜。我每天早早起身，在湖中沐浴，这也是我所做的最虔诚，且最具宗教色彩的活动了。这也使我深知，成汤王的浴盆上为何刻有"苟日新，日日新，又日新"的字样。黎明喻示了一个新的英雄时代的到来。我坐于黎明中，敞开门窗，一只觉察不到也想象不出的小飞虫在我的房屋中盘绕，它那微弱的声音如同扩音器中传出的赞美之歌，这竟使我深受感动。这是荷马的安魂曲，这是飘荡在空中的《伊利亚特》和《奥德赛》，这是悲愤与流离的歌。它仿佛是宇宙发出的歌声，宣告着世界精力的永不衰竭，直到它被禁止。这黎明，正是一天之中最有价值的时候。觉醒之时，那是我们昏睡的感觉走入低谷的唯一时刻。差不多有一个小时的时间，我们整日整夜迷糊的官能终于重新活跃起来了。然而，倘若我们并不是自己觉醒的，而是被什么仆人生硬地推醒；倘若我们的内心没有任何新生力量或是要求；倘若这空中既不飘荡花草的芬芳，也不萦绕天籁之音，而是那工厂的汽笛让我们从昏睡中惊醒；倘若我们醒来，并不感到我们的生命比睡前更加崇高，那么即便我们醒来，即便这时被称为白天，也终归是无望的；要知道，滋养昏睡果实的是黑暗，如此黑暗便可证明它的力量并不亚于白昼。如果一个人不承认在这世间还有比他玷污过的清晨更早、更神圣的曙光，那么他必定是对自己的生命早已绝望，正将自己放逐在黑暗的迷途上。在人的感官经过每夜的休息之后，他的灵魂，或是说他的官能，能够重获新生，而他的性情又能继续试探他能将自己的生命价值提高到何等程度。我敢说，一切值得纪念的事，都会在黎明时分发生。《吠陀经》说："一切知，俱于黎明中醒。"无论是诗歌还是艺术，人类所从事的最美、最具价值的事都发于此刻。无论是诗人还是英雄，都仿佛是那曙光之子曼侬，于破晓之时撩动他的竖琴。那么，如果这个人精力充沛、做事有条不紊，并且紧追太阳的步伐，对他来说白昼便是永恒的黎明。此时便与那报时的钟表无关，更与人们的态度和从事何种活动无关。而我呢，清晨醒来，我内心充满了黎明，使自己日臻完美，并且不再陷入昏睡。那些每天昏昏沉沉而一觉不醒的人，又为何要在回首生平之时把自己说得可怜兮兮呢？他们真是聪明绝顶。可以这样说，若是没有成为昏睡的俘虏，他们定能成就一番事业。也许几百万人能够清醒地出卖自己的体力，然而每100万人中只有一个人足够清醒，以至于游刃有余地运用他的智慧；而1亿人中，只有一个人能做到充满诗意而神圣地生活。生活本来就应是清醒的，而在我的生命中从未遇到过真正清醒的人，若是有幸能够见到他，我又怎敢与他对视呢？

我们能够自己觉醒，更需持久清醒而不再陷入昏睡，我们要将希望托付于黎明，而不是借助外力。哪怕是在最深沉的睡梦中，黎明也不会弃我们而去——我还未曾看到过比这更令人欣喜的事，人类无疑是可以有目标地突破自己的。尽管能够描绘出某一处风景，塑造出某一尊肖像，或是美化某些事物，也可以称之成就，然而更值得赞赏的是能够重塑它的现实环境，我们能够从中获得新知，并且有所作为，这便是可以触及的这个时代的底蕴，最高的艺术境界。任何人都应该做到他所思索过的那些最崇高和最首要的事，使他的生命与他所思、所想步调统一，甚至在细节上也丝丝相扣。倘若我们在二者上脱节，也就是说我们挥霍了这微乎其微的想法，那么神必然会明白地告知我们应该如何去做。

我之所以选择到林中生活，是由于我想真实地生活，直面生活中的一切，看看我是否能从生活的学校中毕业，以免在我归西之时才醒悟自己是生活的弃儿。生活是如此的美好，我从不想去过某种非生活的生活——除非是迫于无奈，我是不愿出世的。我要在生活中吸取生命的真谛，踏踏实实地活着，过那种斯巴达式的生活，只有这样才能摒绝一切非生活的事物，清理出一片空间供我精心地修整打理，把生活压制到最小的范围中，降至最低限度。倘若这一切正好是它卑微的例证，那么就将它的全部卑微挖掘出来，并且公之于世。反之，倘若证明它是崇高的，那么就去感受它、体验它，然后现身说法。在我看来，多数人还不能断定他们的生活是魔鬼的施舍，还是上帝的恩赐。既然如此，许多人还是轻率地认为：人生的最高价值是"归荣耀于神，并永远从神那里得到喜悦"。

……

尽管我们将谎言和谬误都视为至高的真理，但一放到现实中还是荒谬、不合情理的。如果人们都踏踏实实地生活，绝不自欺欺人，那么我们为生活打个简单的比喻：生活就像一篇童话，比如《天方夜谭》。倘若我们只遵从于那些最基础的并且确实存在的事物，我们将会随处听到音乐和诗歌；倘若我们聪颖而且稳重，那么我们将会看到世上独一无二的壮丽景象，它必将亘古长存，而那些隐隐的恐惧和窃喜，仅仅是现实的阴影。现实往往是高尚且活跃的。由于我们蒙上了双眼，神志恍惚，任凭影子的随意欺骗，我们才如此习以为常地生活，唯命是从。其实这些不过是建立在幻想基础上的假象。而那些每日嬉耍的孩子却胜过成人，反倒能感到生命的真谛。成人从没有真实地活着，以为唯有他们是明智的，因为他们身经百战，也就是说他们经常犯错。曾有一本印度书讲道："一个从小被放逐的王子，由樵夫抚养成人，他认为自己是生活在贫民阶级中的一员。后来，他父亲的大臣见到了他，道出了他的身世，纠正了他错误观念，从此他认为自己是个王子。"接下来印度哲人说：" 因为生活环境的原因，内心误导了他的行为，必须要有一位神师将真相公开，这样他会知道自己是婆罗门。"我发现，这些新英格兰人之所以卑微地活着，是因为他们看不到事物的内在，把现象当成了本质。这就如同一个走过城市的人，看到现实后会问："蓄水池"是这样的吗？如果他向我们叙述他的所见所闻，我们也感觉不出他所说的是什么地方。议会厅、法庭、监狱、店铺、住宅，当你注视它们之时，它们到底是什么呢？而正是在你的讲述中，它们轰然倒塌了。人们崇拜那些虚无缥缈的真理，那些不受约束的，在那最遥远的星云之后，那在亚当之前、未来之后的真理。在永恒的时空中，自然是存在真理和价值的。然而，它的时间、地点及环境，就在此刻此地呀！上帝的伟大是由于他此时伟大，无论时光如何流逝，他也只会如此神圣。我们只有不断钻研现实，挖掘我们身边的现实，我们才能真正参透崇高的意义。通常宇宙是不会违背我们的想法的：无论我们以何种速度前进，轨道也早已预设好了。我们生来就在探索它，直至死去。尽管从未有诗人或是艺术家设计出如此完美而崇高的作品，但我们将会完成它。

让我们仿佛大自然一样自由地过上一天吧，就像是坚果或一片昆虫的翅膀掉在铁轨上也不会引起出轨。让我们在黎明时醒来，我们可以选择吃或不吃早餐，内心坦然。任凭人来人往，钟声大作，孩子哭闹，我们下定决心要好好地享受这一天。我们为什么要屈服，甚至人云亦云呢？我们还是尽量避免因被卷入发生在子午线海滩上的称之为"午宴"的凶恶的湍流而惶恐不安。经历这些艰险之后,你便安全了,往后是下山的路。但神经还要绷紧,保持那黎明赐予的魄力驶向另一条航线,就像尤利西斯那样把着桅杆过活。若是汽笛还在呼号,那就让它嘶哑地叫下去吧。那么,当时钟敲响时,我们还要继续奔跑吗?我们还要深究这是什么音乐吗?我们需要踏实工作,用我们的双脚跋涉那些污秽的建议、偏见、礼教、谬误,以及那些浮浅的遮盖于世界各地的淤泥。我们将穿越巴黎、伦敦、纽约、波士顿、康科德,通过教会与国家,透过诗歌、哲学与宗教,直达那坚实的最深处。我们站立岩层上高呼,不错,这就是我们称之的现实!之后我们需要在这支撑点之上,洪水、冰霜和火焰之下,竖起一道城墙或者圈出一片领土,或许我们还应在此立一座灯塔或安装一台测量仪,这可不是用来测量尼罗河的那种测量仪,而是一台现实测量仪,它可以告知后代,此地的谎言与肤

浅曾像洪水一样日积月累，如此之深。倘若你可以直面现实，你就会看到包围在太阳光辉下的它，它仿佛是那东方的弯刀，而这柄锋利考究的刀正在剖开你的心脏和骨髓。你体验着这一切，并且十分满意以此结束你的生活。无论生死，我们从不停止追求现实。倘若我们真的归去，那就让我们倾听发自喉咙中的呻吟、感触四肢的冰冷吧；倘若我们尚存，那就让我们走自己的路吧。时间不过是我垂钓的溪。我饮溪水，我可以看到它的沙底，它竟是那么的浅。它的溪流涓涓逝去，然而却保留住了永恒。我想饮得更深，想在天空中垂钓，天空中有石子般的若隐若现的星星，我却连"一"都数不出——我已经不再记得字母表上的第一个字母了。我时常懊悔，自

己没有了出生时的智慧。智慧好像一把利刃,一旦对准,就直击事物的内核。我想用我的手去做更多额外的工作。我的头脑是手和脚,在我看来它们是我最好的官能。我总有一种潜意识,我能用头脑挖洞,正如那些用鼻子或前爪挖洞的动物一样,我要用头来挖掘我的洞,在群峰中挖掘自己的道路。我执着地认为,那富有的矿藏就在这附近的地下,我要使用那寻金的魔杖,根据那薄雾的方向判断,于此开采我的宝藏。

阅　　　读

　　若是我们仔细认真地选择我们从事的事业，人们可能都会选择做学生兼观察家，这是由于这两种角色的内涵和它造就的未来对每个人来说都是丰富多彩的。我们成家立业，为自己和后代打拼家业，哪怕只是追名逐利，因为我们不过是凡人。然而，我们若是能够探寻真理，那我们便是不朽的，当然，不必担心世事变迁或是遭遇意外。那远古的埃及和印度哲人扯起神像的轻纱衣襟，那轻盈的袍子如今依然撩起，在我眼中它仍像往昔光鲜荣耀，因为那时英勇无畏的是他的体内的"我"，而今天举目凝视的是我体内的"他"。衣袍上不沾一丝灰尘。自从神的美德被传颂，时间并无流逝。无论过去、现在或是未来，都不是我们修正的或是我们能力所及的时间。

　　如果将我的木屋与大学相比，前者更适于思考，适于严肃地阅读。尽管我借阅的书都不是图书馆流行的，我却比过去更多地受到了那些畅销全球的书的影响。先前它的文字写于树皮上，而今天却书写在布纹纸上。诗人密尔·喀玛·乌亭·玛斯脱曾说："坐着时，却能驰骋于精神世界的大地上，此道理我得益于书本。一杯酒会使人沉迷，而当我饮下秘传教义的甘洌琼浆时，我同样感受到了这种愉悦。"尽管我只是在有空时才读一读荷马所著《伊利亚特》中的诗篇，而我还是在整个夏季将它摆放在桌上。刚开始时，我手头的工作多不胜数，我要造房子，种豆锄地，实在没有时间和精力读书。然而一想到今后将有条件读更多的书，就支持着我继续工作。在工作之余，我还是读完了一两本浅显的有关旅行的书，想来惭愧。扪心自问：到底我是想在哪里居住？

　　那些能够阅读荷马或埃斯库罗斯的希腊原文著作的学生，决不会陷入放纵或是奢靡的泥潭。既然他们能理解原著，那么他们就会在一定范围内效仿其中的英雄，并将自己的黎明奉献给这些古希腊史诗。而那些被译作我们的语言印刷成书的文字，是我们这个堕落时代死去的文字，尽管它同样是在书写英雄的诗篇。因此在阅读它们时，我们必须辛勤地找出字里行间的本意，尽我们一切的聪明才智和魄力来探索它们背后的奥妙，探究前人所不知的更深刻的意义。近代的印刷所虽然廉价高效地出版了各种译本的诗作，却终究不能将那些古代的英雄作家带回我们的身边。他们仍旧孤独，他们的语言仍旧怪诞稀少。对于付出似水年华、珍贵时间去学习这种古语的我们，即使只明了其中一二，也是一件极有意义的事情。它们是从细腻平凡的生活之中精练出来的语言，是永恒的预言，具有永不衰竭的力量。常有上了年纪的农夫把几句拉丁语名言熟记于心，并经常引用它们，这可不是毫无意义的。有人认为，古籍研究最终会让位于那些实用的、先进的、更现代的研究。其实不然,那些积极进取的学生还是会去研习古典名著,无论它们是用什么语言著述的,也不管它们何等的古老。倘若这些古籍不是人类思想精髓的记录,那又会是什么呢?是举世无双的永恒的神谕卜辞。即便是那些台尔菲和多多那都不能回答的近代才有的疑问,也能在古籍中找到答案。它甚至比大自然更值得研究,因为大自然已不再年轻。能够精读一本好书,换句话说,是用精神实实在在地读书,这是一种高尚的历练,它所花费的人的精力,胜过我们所熟知的任何一种训练。它必须经过培训,就像每个参赛者所经历的那样,要始终如一,穷尽毕生精力。既然书是严谨、含蓄地创作的,那么就应该严谨、含蓄地阅读。著述此书的文字,即使你能脱口而出,还是不行的,这是因为口语是用来听的,而文字是供人阅读的,两者有着很

大的区别。前者是变幻莫测的声音，不过是一种土语，甚至可以称之为原始的语言，我们如同原始人一样不自觉地从我们母亲那里学会它；相反，后者是前者的日久天长的精炼之物。那么相对前者，后者便是我们父亲的语言，是一种凝练、准确的表达方式，我们不能听懂它的深意，唯有我们重生一次方能掌握它。虽然中世纪时有很多人会讲希腊语和拉丁语，可是在他们的生活环境下，他们无权去读伟大的作家用这两种文字写就的著作，因为其中的文字并不是使用他们所熟知的希腊语和拉丁语，而是上面所述的那种凝练的书面语言，他们同样不会这种希腊和罗马的深邃语言。而用这种深邃语言所作之书，在他们眼中不过是一打废纸，倒是那些廉价的当代文学备受吹捧。但是，欧洲的一些国家却由希腊和拉丁的古语中获得了他们自己的语言，粗浅却明了，足以荣耀他们的文艺，这倒使得古老的思想得以重生，学者们从那远古的文学典籍中获得了智慧。因此，那些罗马或希腊人都不能理解的书籍，却在数个世纪后遇到了伯乐，而这样的学者为数甚少，直至今天也只有很少的学者还在阅读它们。

　　无论世人如何称赞演说家能够临场而滔滔不绝，但最精妙的语言往往藏身于变化莫测的声音语言背后，甚至凌驾其上，这就好像乌云背后那星光闪烁的天空。倘若可以看到繁星，便可以阅读它们。而天文学家一直在观测它们，描述它们，它们终究不像我们随口而说或是吞云吐雾的呼吸。对于台前的口才，通俗便是学术界的标准。一个演讲者在他灵光一闪之时，向他的观众、崇拜者们高谈阔论；然而作家，他们的分内之事是平静的生活。那些令演讲家思路开阔的社会活动和使他们倍感兴奋的听众却是作家避之不及的，这些都会分散作家的注意力，他们的言辞是为人类的智慧和美德而致的，他们的听众是任何时间只要能够理解这一切的人。

　　这就能解释，为何在亚历山大的行军囊中要有一部《伊利亚特》。文字是圣物中的圣物，较之艺术，它与我们的联系更紧密，能使全人类共享。它是源于生活又高于生活的艺术。它的意义不但可以用多种符号表达出来，供人阅读，流于人类的唇齿之间，而且可以在油画布上书写，在大理石上雕凿，更可以蕴藏于生活之中。古代人的思想通过文字可以流传于近代。两千个夏天为希腊文学的里程碑点染了秋天的成熟的金色，就像它留在希腊大理石上的色彩一样典雅，它们将自己独有的轩昂气宇流传到世界各地，保护它们免受时间的腐蚀。书籍是人类的宝藏，多少个时代和国家最珍贵的遗产。而那些古老的最优秀的书被陈列于每一个房间的书架上，这实在再好不过了。虽然它们从不会涉及私事，但它们却默默地启迪和影响着读者，没有读者会找出拒绝它们的理由。能够写就这种书的人，也理所当然地成为了社会中的贵族，他们对于人类的贡献和影响力胜过他们的国王。在这个社会中还有许多胸无点墨却自视甚高的商人，他们艰难创业并且费尽心思，赚来了他们现在舒适自由的生活。正是在他们游走于财富与时尚的世界时，他们发觉了至高的财富，可这是他们无力触及的智慧与天才的境界，他们终归要承认自己不学无术，自己的万贯家产不过是虚荣，而自己危机四伏。

然而，他们的头脑尚清醒，于是就不遗余力地教育自己的孩子学习文化知识，这正是他们在补偿自己不能得到的，他们便成为了一个个家族的开创者。

那些不能阅读古典原著的人，其人类史的知识一定是不完备的，何况这些古典原著至今也没有一个现代译本，因为文化本身并不能作为它的译本。荷马没有英文的译本，埃斯库罗斯和维吉尔也从没有，而他们的作品如此动人、扎实，仿佛黎明一样迷人。无论我们怎样赞赏哪位作家的才能，都极少会有像这些古代哲人的作品一样经典、完美与永不消亡的文学佳品了。不知道它们的人，会说忘掉它们吧；但如果我们能够阅读它们，拥有这样的智慧欣赏它们的美，忘记的反而是那些人的话。当这些被我们称之为圣物之首的作品，以及比它们更加古老的、更不为人所知的传世之作更多地出现之时，倘若在梵蒂冈教廷中到处摆满了吠陀经典、波斯古经和《圣经》，放满了

荷马、但丁和莎士比亚的著作，并在之后的时代中将它们陈列在任何一个人类的公共场所中，那么世界将更加繁荣。只有这些作品，才能完成我们在天堂生活的希望。

　　人类还从未能解读伟大诗人的作品，因为只有同样伟大的诗人才能够解读它们。人们读它们，就像人们仰望星空，最多是由星象学出发，而非天文学。人们能够阅读仅是为了方便自己，正如他们为了记账而学习计算，以免做生意时上当受骗。然而，他们对阅读的崇高和其中的智慧，或只知皮毛，或一窍不通。最高层次的阅读，它决不会使我们玩物丧志，读时使我们昏昏欲睡，使我们的崇高的官能一蹶不振。我们必须高度集中，把我们的思想最迅捷的、最清晰的时刻，奉献给阅读。

　　……

　　我觉得我们一旦识字，就应该首先阅读文学作品中最好的部分，不要总是停留在a－b－ab和单音字上，不要从四五年级就开始年年留级，不要一生都坐在低年级教室的最前面。很多人都只满足

于能读，或满足于听人阅读。可能他们刚刚可以明白一点《圣经》的精髓，他们就只看那些浮躁的东西，他们的官能则要在堕落和孤寂中虚度余生了。我在我们的图书馆里看到一套多册的叫作"小读物"的作品，我想这可能是我不知道的一个地方的名字吧。贪婪的水鸭和鸵鸟，就算是吃一顿十分丰盛的既有肉又有蔬菜的大餐，也能消化干净。而正好就有这样一种人，他们不愿浪费任何东西。如果说食物有供给它的机器，那么咀嚼它的人便是阅读的机器。他们读过千万个有关西布伦和赛福隆尼亚的故事，他们的爱情矢志不渝，无人能及，而且他们的爱情历尽艰辛。就是讲，他们如何爱，如何不幸，如何战胜困难，如何再相爱！哪个倒霉的人爬上了教堂的尖顶上，而不是爬上钟楼；既然他没理由地站到了尖顶上面，小说家便愉快地敲起钟来，召集来全世界的人，为了听他说：啊呀，天啊！他怎么才能下来呢！我倒是觉得，就让这些通俗小说中的英雄人物都变作风信鸡吧，就像那些作家把许多英雄都安置在星座中一样，就让这些风信鸡一直旋转吧，直至变为破铜烂铁，可万万不能放它们下地来捣乱，扰人生事。若是小说家在下一份作品中再敲钟，就算是公共会场被大火夷为平地，也休想骗动我。"由写《铁特尔—托尔—但恩》的那位名家所著的《的—笃—咯的腾达》，一部中世纪传奇故事，每月连载；连日抢购一空，欲购从速。"他们的眼睛如盘子一样大，他们的好奇心原始而坚定，胃口极好，读完这些后，胃黏膜似乎毫无损伤。他们就像是整天坐在椅子上读两分钱一本的烫金封面《灰姑娘》的四岁孩子，我觉得他们读后，对发音、重音和加强语气都没多大好处,就更别提他们对题旨和文章寓意的理解了。最终只会视力退化,生机消散,萎靡不振,智慧的官能就像蜕皮那样剥离。这种姜汁面包,基本上每天的每个烤箱都在烘烤,它比精面制的或黑麦粉和印第安玉米粉制的面包更诱人,市场销量更大,盈利更好。

……

我愿结识比康科德这地方的人更富有智慧的人,他们似乎并不是那么有名,或者早已被掩埋。我难道会知道柏拉图却不读他的书吗?柏拉图好像是我未曾见面的同乡,好像他就住在我的附近,而我却从未听过他的声音,聆听他的智语。然而,实际上不正是如此吗?蕴含着他不朽智慧的《对话录》,不就放在我身旁的书架上吗?我还从没翻开过它。我们是蒙昧无知还是不学无术呢?其实,这两种文盲也没有什么区别,一种是大字不识的人,另一种则是能识几个字,但只能读小儿书或极浅显的读物。我们应做古代智者那样的人,我们首先应该理解他们的智慧。我们果真是些小人物,我们的理解能力只能可怜地飞到比新闻报纸高那么一点的地方。

这也不是说什么书都像读它们的人那样愚蠢。也许，有的话正是为我们这些不幸的人而说的，倘若我们真正认真地听了，理解这些话背后的深意，对于我们的生活较之黎明或春天更有益，我们很可能会焕然一新。许多人都是在读完一本书后，就掀开了他生活的一个新篇章。倘若哪本书能够阐释疑惑，又能开启新的智慧，那么这本书就是为我们而存在的。我们现在不知道如何表述的话，可能已经被别人总结出来。那些让我们烦心、疑惑、迷茫的问题也曾是许多聪明人的疑问，而这些聪明人为每一个难题一一作答，根据他们自己的能力和生活去解释。另外，智慧将带领我们领略慷慨的氛围。康科德郊外的一个田庄里住着一个孤独的工人，他有幸重生，获得了独有的宗教阅历，认为自己一直以来都在陷入严肃和傲慢的怪圈，或许他不赞同我们的话。但几千年前，琐罗亚斯德走的就是这条路，得到的也是这些经验。他是如此聪明，深知这是规律，就用它来对付他的邻居，并创立了一个神尊人卑的制度。那么，就让这个人谦恭地与琐罗亚斯德用精神交流吧，在他们充满自由关怀的精神下，也和耶稣基督做精神交流，"让我们的教会"自生自灭吧。

　　……

声

……

　　住在这里的第一个夏天,我放下书本,下地种豆。不,我做了更美妙的事情。我不愿把大好时光牺牲在这样那样的工作中,无论它们是脑力的还是体力的。我更愿意为我的生命创造宽松的环境。在夏天,我通常会在早晨洗个澡,坐在门前沐浴阳光,直到正午。坐在松树、山核桃树和黄栌树下,这里寂静空幽,在我凝神思考时会有鸟儿轻声歌唱,有时它们也会安静地飞过我的屋子。直到阳光打在我的西窗上,或是丁零当啷的马车声从远处公路上传来时,我才会感到时间正从我身边悄悄走过。在这个季节里,我的状态好比夜间成长的玉米,这可比做任何工作都要好得多。我并没有感到时间从我的生命中流逝,仿佛我的时间正在渐渐膨胀,我得到了更丰厚的收获。这大概就是东方人所谓的沉思和撇开工作吧。如果将这称为虚度年华,我也不会在意。仿佛白昼的往复,仅是为了我能继续工作。你瞧,刚刚才破晓,现在夜又来临,可我只是做了些不值得一提的小事。我不能享有鸟禽歌唱的欢愉,只能淡淡地微笑,笑我自己无限幸福。这正如我门前的山核桃树上总有鸟雀每日唧唧喳喧，而我暗自窃喜，有时我还要忍住笑声，怕被鸟雀们听到。我的一日不是通常所说的某个星期中的一日，也不是什么异教的日子，更没被切割成细碎的小时，我也不会因钟表不停地滴答作响而心绪不宁。这是由于我相信印度普里人对时间的解释，他们认为："昨天、今天和明天可以用同一个字指代，他们在说这个字时会打不同的手势，以表示不同的意思。如果手指身后，那就是在说昨天；如果手指前方，便是明天；如果指向头顶，便是今天。"这在我的同胞看来就是懒惰。然而，要是请鸟雀和花草来评判我的话，我是毫无错误的。毋庸置疑，人应该从自身的角度寻找原因。大自然中的每一日都是平静的，它是不会批评你的懒惰的。

我这样生活，至少要比那些非要去娱乐场所、社交界或戏院才能找到消遣的人好得多，这是由于在我的生活中充满了无尽的欢愉，并且生活对我有无尽的诱惑。这就像是一出永不终止的多幕

剧。倘若我们能保持经常接受更新、更好的生活方式来调整我们的生活状态，我们就决不会再为寂寞所困了。只要你能随时随地抓住自己的创造灵感，那么每个小时你都会有不同的惊喜。做家务同样也是令人快乐的事。要是我的地板脏了，我就早早起床，把屋里的所有家具转移到外面的草地上，然后将水洒在地板上，再铺上从湖中取来的白沙，最后把地面扫净。这样一来，地面就被磨得平滑干净了。当村民们起床时，我的屋子已经被阳光烘干，我又可以重新入住了。我还能在其间的空闲时间继续我的沉思。正如我所说，收拾屋子很快乐，我的所有家具像小山一样地堆放在草地上，就像古卜赛人堆放家当那样。我把我的三脚桌安置在松树和山核桃树下，我的书本笔墨安然地摊在上面。它们似乎很喜欢外出透风，甚至都不再情愿回到屋里去了。于是，我就立即撑一顶帐篷在它们上方，自己坐在其中。阳光打在它们上面的样子也别有一番景致，听风吹过它们的声音格外悦耳，看起来这些熟悉的物件在户外可要比在屋内有趣得多。鸟儿立在附近的树枝上，桌子下面有长生草在生长，黑莓的藤蔓爬上了桌脚，地上铺满了松子，栗子和草莓叶子。它们好像忽然间都变成了家具，桌子、椅子还有床架，这些家具曾经也是它们中的一员。

……

在某个星期日，我的耳畔会有钟声回荡，这是林肯、阿克顿、贝德福或康科德的钟声，若是能与合适的风向相配，那清淡甜美的旋律会宛若天籁之音，为这旷野更添几分迷人的气息。当它飘荡到某片森林的上空时，便会幻化为华美的颤音，仿佛有人正在那里抚琴，而他的琴弦正是那林中苍翠的松针。其实，任何声音一旦传到可听清它的距离之外，都会产生这种效果，这正是宇宙七弦琴的颤音。当我们眺望那最远的山脊时，也会出现类似的现象，我们目光所途经的大气会为那山脊染上微蓝的色泽。而这次，钟声配合着气流为我带来了一段悠长的旋律，这里众多的叶子和松针都与它附和着，然后将这旋律变调演奏，从一个山谷传到另一个山谷。回响，便是如此神奇可爱，在它之中既保留了原有声音的精粹，又融入了空灵的山林大地之声，仿佛是森林女妖吟唱的靡靡之音。

每当日落时分，都会有一段甜美悠扬的歌声从远方飘入林间，我以为这是某个云游诗人的吟唱。我曾在一两个夜晚欣赏过他们的歌喉，我想现在他们可能正跋涉在某个山谷中。然而，那日落的歌声并不如我所想，当声音拉长时便会发现那是牛的叫声，这是免费的音乐。自此，当我评价年轻人的歌声如牛叫时，那是我对他们歌喉的赞许，而非嘲笑。尽管这是两种歌声，但又都是天籁之声。

……

我又听到了来自一只猫头鹰的小夜曲，它不停地唱着。你若站在它身边，你会觉得自己正在听大自然中最凄惨的歌，它仿佛正发出人死前的各种呻吟，在它的歌中这样的声音贯穿始终。这是脆弱的人类在生命残喘时发出的呻吟，但他还尚保留了些气力，待他走入地府的大门时，才放声悲号。然而，在猫头鹰的歌声中还夹杂了人的悲泣声，那是一种美丽的"格尔格尔"的声音。当这两种声音混合在一起时甚是可怕。我发现当我模仿前一种声音时，就会不自觉地带出"格尔"字眼来。听到这种声音时，眼前会浮现一颗冰冷腐烂的心，随之听者那康健、勇敢的思想也会损失殆尽。在我看来，这是掘墓的妖魔和疯子的嗥叫。尽管这个声音来自远方的林子，在千里传声之后倒是更加幽婉了，"霍——霍——霍，霍瑞霍"，无论你在白昼还是黑夜听它，在夏季还是冬季，这声音都会让你浮想联翩。

我认为世间有猫头鹰这种动物是件好事。它们弱智似的为人类呼号，让它的声音回荡在那些阴暗、不见天日的沼泽上和森林中吧，时时提醒人们在这世上还有许多尚未人化的天性。这正是人类愚蠢的异想天开和每个人的内心都涌动着的贪婪的呐喊。从前，阳光能够打在荒原的水泽上，在针枞上包有绿绿的苔藓，小鹰在空中回旋，常春藤中有黑头山雀欢愉地跳跃，松鸡、兔子就生活在它的

庇护之下。可如今，每当阴霾的白昼重返，就会有另一种生物被唤醒，呈现出它们所寓意的大自然。

……

我不记得自己是否在林间空地上听到过金鸡报晓，可我认为很有必要养一只小公鸡，就算我只当它是一只会叫的禽。从前有一种被称为音乐之鸡的印第安野鸡，它确实是公鸡中的歌唱家。倘若森林中有这样一只未驯化的野鸡，那它的歌声定能一夜成名，它的声音比鹅鸣更动听，比猫头鹰的哭嚎更高亢。可是那些老母鸡呢，当她们的丈夫演出结束之后，空中就会响起她们的说唱。不必再多考虑鸡蛋和鸡腿，只由于它们的歌声就能将这种鸟列入家禽。可以设想，我们漫步在一个冬日黎明的林中，那里到处都是这种禽鸟，这种野公鸡在树上唱出洪亮而高尖的声调，声传四方，响彻大地，在它面前一切鸟雀的声音都显得那样的微弱。这声音使全国时刻警觉，任何人在它的召唤下都会日日早起，而且会越起越早，他们将会无比强壮、聪颖。许多诗人在称颂自己国家鸣禽的歌喉时，都不会忘记趁机赞美一下这种来自异国鸟的鸣音。这种勇猛的金鸡在任何环境中都能茁壮成长，它们要比本土的禽鸟更加天然，它们会永远健壮，精气十足。尽管航行在大西洋和太平洋上的水手都要凭借它的啼叫来安排作息，但它却从没有搅扰过我的睡眠。我这里十分安静，没有狗、猫、牛、猪、母鸡的声音，因为我不养它们；我这里更没有奶油搅拌机的声音、纺车的声音、沸水的喧腾、咖啡壶的咝咝声和孩子的哭闹声，也许那些过惯了老式生活的人会因此郁郁而终，可我却不需要这些声音的慰藉。甚至在我的墙根下连耗子的踪影都不见，可能这里从来就没有过耗子，要有也早就被饿死了。然而在我的房屋上、地板下有松鼠，我的房梁上有夜鹰，窗前有好尖叫的蓝色樫鸟，屋下住着兔和土拨鼠，屋后还有一只枭或许是猫头鹰。在我的湖中生活着一群野鹅，一只喜欢哗笑的潜水鸟，还有一只经常在夜间出没湖边的狐狸。可那些云雀、黄鹂之类温和的候鸟从未拜访过我。我没有天井，那就更不会有天井下啼叫的雄鸡和聒噪的母鸡了。窗直接就被拥入大自然的怀抱之中，窗下长着一片小林子，它们正好与窗楣齐高。地窖被野黄栌树和黑莓的藤紧紧地缠绕着，苍天的松柏挤靠在木屋旁，由于空间狭小它的根只得盘绕在屋子底下。屋后的松枝是你的窗帘，遗失了它们不是因为大风，而是你将它们折去做燃料了！大雪封住了通往前庭大门的路，其实这里没有门，没有前庭，更没有路通往文明世界！

寂　寞

　　在这个愉快的傍晚,我的周身都沉浸在愉快之中,没有一个毛孔不沁润着喜悦。我以各种姿态在大自然中自由穿行,与她融为一体。我沿着硬石的堤岸漫步,尽管天气微寒,天色阴沉,又袭着阵阵寒风,我的身上还穿着单薄的衬衫,而心境却特别平和,这样的天气使我觉得异常舒适。蛙鸣邀来了黑夜,乘着吹起涟漪的风传来了夜鹰的歌声。摇曳的赤杨和白杨,使我思绪万千,而它又宛若湖水的涟漪,并没有打破我内心的宁静,只是激荡起些许波澜——这种感觉只能说是晚风送来了微波,而谈不上是什么风暴。夜幕落下,风开始肆无忌惮地在林中咆哮,波涛拍岸,还有一些动物在奏着入梦的乐章,夜的宁静却也潜伏着危机。最凶猛的野兽正在四处狩猎,寻找它们的食物;狐狸、臭鼬和兔子也正在原野上、森林中漫游,它们丝毫不觉得恐惧,一直守望着大自然,这一切形成了一个个生气勃勃的白昼背后的连环。每当我回到家时,都会有访客留下的名片,有的是一束野花,有的是一个常春树叶编成的花环,有的是在黄色的胡桃叶或者木片上用铅笔书写的一个名字。不是经常出没在森林中的人，常会在手上把玩着森林中的小玩意儿，无论是故意或是偶然，还时常把他们带在身上。在我的桌上就放着一枚一位客人丢下的用剥下的柳树皮做成的戒指。我总能知道家中无人时是否有客人来访，因为不是有树枝或青草被压倒，便是有陌生的鞋印出现。一般来说，我还能从他们留下的点点踪迹中猜到他们的年龄、性别和性格。有时，地上会有遗落的花朵，或是随手揪掉的野草，甚至有人会带着野草到半英里外的铁路边才想起把它们丢弃；有时，空气中还久久弥散着雪茄或烟斗散发的香甜。我还常常能凭借这烟斗的香味识别出这是在60杆之外的公路上与我擦身而过的旅者留下的。

我们的生存空间到底有多大呢，至少地平线不是我们伸手可及的。虽然在我们的门前没有蓊郁的森林或湖沼，可森林中总是有那么一块我们熟知并且可以自由支配的空地，我们只需稍作整理，

再围上篱笆，就好像从大自然的手中圈占出了自己的土地。我又有什么样的理由能将如此广阔、人迹罕见的森林和土地据为己有呢？我甚至不能看到近邻的房子，它在我的一英里之外，只有登上那坐落在半里之外的山顶瞭望，才能依稀看到。在我视力所及之处都包围着葱郁的森林，只有我一人享受在其中。极目远眺，也只有那经过湖畔的铁路和对岸山林公路沿线的篱笆。我在这里居住，过着如同居住在大草原上一样寂寞的生活。对我来说，我离新英格兰（原英属北美殖民地之一）的距离就像距离亚洲或非洲一样遥远。在这里，我拥有我自己的太阳、月亮和星星，一个完全属于我自己的小世界。从不会有人在晚上由我的门前经过，或是叩响我的门，我会觉得自己是人类的始祖或是最后的幸运儿。只有在春天时，或偶尔的一次，才会有村民来钓鳘鱼。显然，他们是来瓦尔登湖垂钓自己各种各样的性格的。可供钓的时间并不多，每当黑夜来临他们便会纷纷撤走，通常鱼篓依旧很轻。他们又将"世界留给黑夜和我"，好在人类的邻舍从不曾污染黑夜。我想，尽管人们吊死了妖巫，有基督教的烛火在这里燃烧，可人们还是会对黑暗心生恐惧。

　　然而我越发觉得，在大自然的任何之处，即使是我们之中玩世不恭的可怜人或是神情郁郁的寡欢者，都能寻求到最温柔甜蜜、最天真和鼓舞人心的伴侣。只要我们将自己融入大自然，并且五官健全，便不会每日都感到阴郁忧伤。就像暴风雨对于无疾无患的耳朵，它的声音正是伊奥勒斯的音乐，没有什么能够傲慢地迫使庸俗的伤感在单纯而勇敢的人心中萌发。当我在感悟四季更替之时，我深信，无论如何我都不会背负上沉重的生活负担。今天佳雨洒落，滋养了我的豆子，我在屋里闲适地度过了一整天，既不沮丧，也不抑郁，这雨对于我来说来得正是时候。尽管我没能如常下地干活，但雨的价值更胜于我辛苦地锄地。尽管长时间的雨会使地里的种子和低地的土豆腐烂，但它能滋润高地的草。既然是对高地的草有益，也就是对我有益。有时，我会觉得自己与他人相比，好像更受诸神的爱护，我尚有许多应得之物；好像唯有我一人向他们交予了证书和保单，因此我备受神的指引呵护。这并非我孤芳自赏，也许倒是他们对我的称赞。我从不会有寂寞之感，也不感到有什么压迫，只是在我迁居森林几星期后的一天，我唯一犹疑了一个小时。独处也许并不愉快，宁静健康的生活是否也应有芳邻为伴呢？然而就在我自知情绪恍惚之时，我似乎对自己会恢复如常也早有了预知。就在我思虑这些时，温和的细雨洋洋洒洒，我突然觉得能与自然为伴而享受甜蜜，是蒙了多大的恩惠啊！细雨簌簌地洒落，出现在我屋子周围的各种声音和景象无不给我带来无限的友爱，在这样祥和的气氛之下，我方才希望邻里间能相互照应的想法立刻被深埋于心底了。自此之后，我再也没有了关于邻居的想法。每一支小小松针都是我的朋友，都对我极富爱心。我深知，尽管自己处在被一般人所谓凄惨荒凉的境地，但我在这里拥有那么多的朋友，它们并非一个人或是一些村民，而它们与我一脉相连，最富有人性，从今以后我再也不会觉得有什么地方会使我感到寂寞。

……

思想可以让我们在心如止水之时欢呼雀跃。只要我们发自内心的努力,我们就能对一切事情应变自如——无论结果或好或坏,都将会从我们身边奔流而过。我们无须完全与大自然交融,既可以将自己作为一块浮木随波逐流,也可以视自己是宇宙尘寰间冷眼旁观的因陀罗。观看戏剧的我很可能备受感动,另一面的我更可能对那些生死攸关的事漠不关心。这是由于我深知,自己的存在首先是作为人的个体,我的思想感情必将展现在我这个舞台上。也正是我或多或少的双重人格,使我能够清晰地审视自己就像审视别人。不论如何证据确凿、固执己见,我都知道有另一个我正在对我从旁批评,他好像是一个完全疏离我而存在的观察者,从不会由我既有的经验出发,只是注视着我。其实他既非你,当然更不会是我。当这出人生大戏走到结局之时,或许是出悲剧,曲终人散。这里的第二

重人格，自然是我虚构出来的，是我想象的创造物。然而，有时正是由于这种双重人格，使我很难与别人结伴而居、结为朋友。

大多数时候，我认为寂寞有益于身心健康。若是结伴生活，即使是最相投的伙伴，也会有厌倦的时候。若是真的到了那时，会觉得更加糟糕。我爱孤独，对我来说，能与寂寞同行是我最好的选择。也许身在异国，可能会比独处一室更加寂寞。然而，一个思想者或是工作者总是喜好那种孤家寡人的日子。让他们自己去选择吧，寂寞的参数从来不等于一个人和他同伴的距离。可以设想，一个勤奋刻苦的学生，即使让他身在剑桥学院最拥挤的房内，他也会觉得像荒漠上的托钵僧一样寂寞。相反，农夫可以独自一整天在田间林中耕地砍伐，无所谓寂寞，是由于他们在手中有工作；可是到晚间，他们不会待在室内独自沉思，急于跑到能"看得见他"的地方消遣一下，他认为这样做是在补偿他寂寞辛劳的一天。因此他会诧异，学生们如何能整日整夜地独处一室而不会产生百无聊赖之感，可他不曾想到，其实学生也像农夫一样，不过不是在他的田上耕作、在他的林中采伐，过后学生也进行自己的消遣和社交，只是他们有更加凝练的形式。

往往社交只是一种廉价的交易。短促相聚，甚至还来不及交换彼此最有价值和新鲜的东西。我们每日三餐的相聚时间，也不过是坐在一起重新品味陈词滥调而已。我们总是要拘泥于各种陈规，所谓的礼节、礼貌，使我们在平常的相会中减少了面红耳赤在大庭广众下的争执，人们相敬如宾。其实我们的生活早已变得拥挤，以致相互干扰，彼此牵绊。尽管我们仍会在邮局或是其他社交场所相会，或是每晚围坐在炉火边，可是我觉得在我们相互之间诚意日渐减少。当然，我们还是需要那种重要而热忱的聚会，只需一两次便够了。可是，工厂女工做梦都会恐惧孤独，她们永远不愿意独自生活。若是都能像我一样独居，每英里只住一个人，那就再好不过了。人的价值并不生于他的皮肤，因此我们也就没有必要去碰触皮肤。

……

我不觉得自己是孤独的，在我身边就有很多伙伴，尤其是在无人造访的晨间。也许我可以这样描述我的境况。与我相比，那湖中欢笑的潜水鸟可能更孤独，那瓦尔登湖可能更寂寞。如是，这孤独的湖又在与谁相伴呢？在它蔚蓝的水波之上，既有蓝色的魔鬼，也有蓝色的天使；太阳是寂寞的，如果说乌云满天时会有另一个太阳

与它相伴，那个也不过是假的；上帝是孤独的，魔鬼可不会孤独，他们会将自己的同类纠结成帮。与我相比，一朵毛蕊花或原野中的一株蒲公英更显寂寞；一片豆叶，一缕酢浆草，或是一只马蝇，一只大黄蜂会更显孤独；密尔溪、风信鸡、北极星、南风是寂寞的；四月的细雨或正月的融雪，或是新居中的一只蜘蛛更孤独。

……

阳光，风雨，四季——大自然不可言状的恩泽和美好，她不知疲倦地为我们带来康健与欢乐！不是只有我们人类才富于感触，若是我们有感而伤，大自然也会为真情动容，太阳会变得黯然，风会吹起他的悲叹，云端也会落下辛酸的泪水。即使正值仲夏，树木也会落叶披丧。难道我不该与土地交融吗？就连我自己也不过是绿叶或青菜上的泥污。

服用了什么而让我们如此康健、平和、满足呢？这种神药并不来自于我们自己的曾祖父，而是大自然曾祖母的恩赐。蔬菜和植物是滋养一切的补品，是她青春常驻的秘诀，使她比汤麦斯·派尔更长寿，只需食用这些衰败的脂肪就能让它更加光鲜。这可不是那种混合着冥河水和死海海水装在普通药瓶里，用浅长船型的黑车子运送的什么所谓的江湖术士的灵丹妙药。那么，还是让我来深吸一口这清纯的拂晓空气吧。拂晓的空气啊！如果人们不想在每日之晨享用这泉水，那我们就必须把它们存放在瓶子中，摆上货架，出售给那些失去黎明的人们。但要谨记，必须将它装瓶置于地窖中冷藏，尚可以保存到正午，打开瓶塞一定要在正午之前，跟随曙光的脚步向西行去。然而，我不会为健康女神拜倒，由于她是古老的草药师爱斯库拉彼斯的女儿。一手持蛇，一手托杯，有时蛇还要饮用杯中水，这是她的形象。相比之下，我倒是会崇拜朱庇特的执杯者希勃，她是朱诺和野生莴苣所生的青春女神，她为诸神司酒行觞，能助神仙或是凡人返老还童。她才是有史以来最健康、美丽的少女，她所到之处都会变成春天。

访　客

　　其实我和大多数人一样热爱交际，每当有血气方刚的人在身边，我都会从他身上拼命地吸食，犹如嗜血的水蛭。我并非天生的隐士，要是有机会去酒吧里坐坐，想必那里最坐得住的人也未必比我能坐。

　　我只在屋子里摆放了三把椅子，独享寂寞时一把足矣。有友人来访时用两把，社交时就要三把一起上了。就算有再多的访客，也只有这三把椅子。一般来说，他们也自知需要节省地方，大多站着交谈。我也很是奇怪，在如此小的一个房间里竟能放下这么多男男女女。一次，一下子在我的屋子里装了二三十个灵魂和身体，可直到我们分手道别，也都不感到曾经彼此亲密无间。我们不断地建造房屋，有的公用，有的是私宅，有那么多的房间，宽阔的厅堂、醇香的酒窖，还有和平时代藏放军备的地窖，而这些给我的感觉是对于居住者大而无当。它们这样壮丽豪华，而我们就像寄生虫一样住在里面败坏它。而那些诸如托莱蒙、阿斯托尔或米德尔塞克斯的大旅店的侍者在恭候客人时，有时也会窜出一只让人捧腹的小老鼠，大摇大摆地在游廊穿行,又即刻消失在回廊上的小洞里。

过去我也觉得自己的房间太小。每当我与访客谈论深奥玄妙的问题时,就会发现自己很难把握与客人的距离。你需要给自己的思想留空间,好让它可以随时起航,自由进出海港。你需要调整自己的思想,避免它活蹦乱跳,要让它像出膛的子弹笔直前进,直击听者的耳朵,它若稍有偏离就会与听者的脑袋擦过。另外,我们的词句也需要为自己预留展开的空间以便排列组合。每个人都需要拥有

属于自己的国土,为自己圈出宽广适度的疆域,甚至在两个人的疆界之间还要适当地留出中间带。能够和一个朋友隔湖谈天,那是一种求之不得的奢望。如果是在我的屋里谈话,我们会因为太近而受对方的声音干扰,以至于不能听清,我们又没有能力再放轻声音。这就如同向平静的水中投掷两颗石子,如果它们离得太近,就会扰乱彼此的涟漪。倘若我们喜好喋喋不休,或是天生大嗓门,那么就算我们面面相对,甚至近得相嘘以气,那都是无关紧要的。但是倘若我们的交谈含蓄温婉,富于思想,我们就要为自己散发的热度和湿度留下空间。倘若我们正在进行一种不可言传、只可意会的交流,要想全身心地投入,那我们需要的不仅是保持缄默,并且彼此要离得更远些,让我们的声音只游荡在空气中。可知,我们高声说话是为了方便失聪者,然而世间美妙之事并不是由于大喊大叫才流芳百世的。当我们在做认真严肃的交谈时,我们需要自觉地拖后我们坐的椅子,直到碰到各自背后的墙壁而再也无处可退为止,这时才会发觉房间是这样的狭小。我还特别准备了"最好的"房间,自己也常常避隐在这里,以便随时迎接宾朋,只是很少有阳光洒在它的地毯上——这便是我屋后的松林。夏日,每当有贵宾来访,我就带他们到那里,老管家早已清洁了地板和家具,一切准备妥当。要是来一位客人,我就会请他一起享用便餐,一边煮玉米糊,或是在火上烤面包,一边愉快地交谈。可要是一下子将二十个人让到屋里,我的面包还是只够两个人吃,大家好像也都很清楚,避吃而不谈,就好像都戒了吃饭而正在一起节欲。而这并非我的失礼,反倒是最合适、最周全的法子。肉体生命的损耗,向来需要紧急弥补,尽管现在我们有意忽略了,可生命依旧迸射着旺盛的活力。如此,要算有一千个人需要我招待也不在话下。来访者也很清楚来到我家还要饥肠辘辘地离开,他们也知道对此我十分抱歉。尽管还是会有不少管家对此事表示怀疑,但替代陈规陋俗、建立新规矩和好习惯也并非难事。名誉并不是你请客就能得来的。对于我,就算是守护地狱之门的三头怪犬也不无所畏惧。但我若是成为谁的座上宾,假

如他大摆筵席,我定会被吓得退避三舍——我想,这是他在客气地向我暗示,今后不要再来拜访他了。当然,从此我也不会再来。让我自豪的是,曾有访客在一片黄色胡桃叶上留下了几行斯宾塞的诗,大可以作为我的陋室铭:

"在这里,他们充满了小房屋,

寻求那些平凡之中的娱乐;

休息是一桌宴席,一切顺其自然,

最高贵的心灵,最能知足自满。"

……

我发现我的访客有许多特点,无论是女孩、男孩或是少妇,

一走进森林他们就变得愉快。他们欣赏湖光,观赏野花,觉得自在、快活。到哪都放不下生意的人,在这里只会觉得寂寞,抱怨我住得太远,远离尘世。甚至有的农民,尽管他们嘴上说偶尔喜欢在林中漫步,其实他们并不喜欢。这些焦躁不安的人,他们一心只想着如何谋

生；牧师们，把上帝挂在嘴边就像这是他们的专用词汇，对于其他却充耳不闻；当我不在家时，医生、律师和忙个不停的管家婆会详尽检查我的碗橱和床铺，要不然怎会有某夫人大肆评论我的床单？那些韶华早逝的年轻人，自以为他们走的职业是最安全稳妥的，而认为我的生活一无是处。啊，切中要点！那些衰老、疾病缠身和胆怯懦弱者，无论他们的年龄性别，他们关注得最多的还是疾病、意外和死亡。他们认为生命中危机四伏，可是你如果不去想，那还会有什么危险呢？然而他们却觉得人人都应当谨慎小心地择一处医生能随唤随到的安全区域。他们定义的村子是一个Com-Munity，一个共同守护的联盟。可以设想，他们在采摘越橘时也要带上药箱。换句话说，一个人只要活着，他就会笼罩在死亡之下。其实，如若他已经是一个活着的死人，那么他所面对的死亡的危险自然也就相对减少了。一个人在户外奔跑和闭门不出，同样都会发生危险。最后，还有一种自称改革家的人，在所有的房客中他们是最讨厌的，他们以为我一直在唱：

> 这是我建造的屋子；
> 这是在我建造的屋子里生活的人；
> 可是他们不知道下面的两行是，——
> 但正是这些人，烦死了
> 住在我所造之屋中的人。

我无畏捉小鸡的老鹰，因为我不养小鸡，然而我最害怕捉人的鹭鸟。

　　抛开最后的那种人，还有一些访客令我满心欢喜。孩子在这里采摘浆果，身着整洁衬衣的铁路工人们来这里散步，还有那些渔人、猎户、诗人和哲学家们。总之，一切淳朴诚恳的朝圣者，他们为了自由来到这森林，忘记了村子。我向他们表示我诚挚的敬意："欢迎啊，英国人！欢迎啊，英国人！"因为很久之前我就和你们的民族往来了。

村　子

　　我会在上午去锄地,有时也安静地读书、写字,通常要去湖中洗澡,然后游过附近的小湾,这也是我能到达的最远之处了。这样能洗去我在劳动时沾染的污浊,或是除去因为长时间读书带来的倦意,使我迎来一个自由闲适的下午。时不常地,我也会到村子里走走,听说些经久不衰的闲话,它们或是经口耳相传而来,或是转载于各种小报,如若顺其自然地听上些,确实觉得新鲜有趣,如同风吹树叶沙沙作响或是阵阵蛙鸣。我漫步在林中时,喜欢观看鸟雀和松鼠嬉耍;在村中散步时,我往往会关注村子里的男人和孩子;没有了松涛和风声,我还常常去倾听路上的马车辚辚作响。从我屋子的位置沿着一个方向远望,可以看到河畔草地上的麝鼠群落;另一方向,目力所及之处是一个忙碌的村子,蔽掩在葱葱的榆树和悬铃木下。我又开始奇想,仿佛那些匆忙的村民是草原上的狗,或是守望在他们的兽穴门前,或是就是去别家闲逛。对于观察他们我乐此不疲。我觉得整个村子是一个庞大的新闻编辑室,在旁边还有一家配套的里亭出版公司,它是编辑室的食品杂货店,出售干果、葡萄干、盐、玉米粉，以及其他食品。对于新闻这种商品，有的人不仅食量大，而且极易消化。他们能一直坐在街道上专心致志、心驰神往地听各种新闻，就像在听地中海季风的私语笙歌。或者说，他们像吸入了乙醚，只有局部麻醉，不知痛苦，意识尚清晰，即使听到令人心伤的新闻也会漠然视之。每当我经过村子时，无不看到这些宝贝儿一排排斜倒在石阶上晒太阳，时常向四处瞟上几眼；或是两手插兜倚站在谷仓边，好像有根女像柱支撑在他身旁似的。他们总是坐在外面，因此无论风中夹带着什么声音，他们都一清二楚。他们仿佛是最初的一道磨坊，什么流言闲话都要首先在这里经过压碾，然后再在户内精细地筛选。村子里最热闹的地方是食品杂货店、酒吧间、邮政局和银行。此外，村子里摆放了一只大钟、一尊大炮和一辆救火车，它们就像机器中必不可少的零件，各司其职。

为了尽量彰显人类的特性，房屋相对而建，形成了许多条巷子，无论什么样的旅人都要受到夹道鞭打，不论男女老少都可以尽情揍他。由于巷子口的房子是到此的人们最早发现的，同时也最早注意到来人的，所以它第一个动手打人，自然房租也最高；在村外还居住着些零散的居民，他们的房屋之间有长长的间隔，旅行者可以翻墙而去，或是抄小路逃走，只需付些地租或窗税就可以了。店铺的各种招牌四面出击，引诱游客，酒店和食品店想方设法地抓住游客的胃口；干货店和珠宝店引发游客的幻觉；理发店、鞋店和成衣店极力抓住游客的头发、脚或是裙角。此外，最让人避之不及的是你要挨家逐户地访问，而且这种地方总是聚集着许多人。大多数诱惑或危险，我都能应付并全身而出，要不就坚定不移地向着自己的目的继续进发。我想那些被打得遍体鳞伤的人实在应该学习一下我的法子。或是执着于崇拜之物，就像俄耳甫斯"弹奏着七弦琴，高歌诸神之赞美诗，把妖女的歌声压倒，而没有受难"，我时常迅速溜走，没人知晓我的行踪。由于我不大在乎什么礼数，若是发现篱笆上有个洞，我会毫不犹豫地使用它。有时，我甚至会唐突地去一些人家，他们向来热情款待。在我听完精选的新闻报道，获知了动乱平息后的近况、战争与和平的趋势、世界的走向之后，我就会溜向屋后的小路，再次隐遁于我的森林之中。

　　有时，我会在村里待到很晚，这时起航重归黑夜会令我感到格外愉快。尤其是在刮着风暴的黑夜，我带着一袋黑麦或印第安玉米粉，驶离明亮的村舍或讲堂，重返我那安逸的小港，对外面的一切检查妥当后，我愉快地走向甲板之下，留我的身体在外面掌舵。如果航道平静的话，我索性就将舵盘拴死。航行之时，烤着火炉，我会思如泉涌。我也曾在可恶的天气里出行，但无论天气如何，我都不会感到忧郁悲怆。就是在最平静的夜晚，森林中也会比你想象中更加漆黑。在黑夜中，我仅能凭着那树叶间尚存的天空摸索着前进。有时走到荒野的地方，我还要探索着自己走出一条路来。时常是由于熟悉路旁的树才辨认出航行的方向，比如两棵松树中间的距离不过18英寸，尽管走过了它们，可你还是在森林的中央。我有时走在黑暗阴湿的路上，就像盲人一样用脚摸索道路，一路心不在焉，梦游似的直到要开门时才缓过神来，我简直不知道自己是如何走过这一段航程的。看来就算我的身体被灵魂遗弃，它也可以自己找到归途，这就好像手可以本能地摸到嘴一样。有几次，访客在我家滞留到深夜，外面又是墨黑一片，我必然要将他送到我屋后的车道上，并为他指点好方向和路线，劝他最好依靠他的双腿摸索前进，而不是用眼睛。我还曾经在一个暗黑的夜晚为两个在湖边钓鱼的青年人指点道路。他们要穿过森林，回到大约一英里外的住处，还说对这条路很是熟悉。过了两天，他们其中之一对我说，那天晚上他们在自己家门口绕来绕去，直到黎明才进了家门。那天夜里下

了几场大雨，树叶和他们都被淋透了。我听说在夜晚最黑的时候，村里有人在街上走都会迷路，老话说这种黑暗最浓厚时，你可以用刀一块块地片下来。有些人开车来村里办货，尽管只是要回郊外，可这夜黑得使他们不得不留宿；还有些走亲访友的绅士淑女们，只是偏离了原有路线半英里，这些可怜人就开始自己开辟道路，甚至都不清楚应当在什么时候拐弯。无论何时迷失在森林里，都是惊险刺激的，这样的经历是何等宝贵，真值得回忆啊。暴风雪来临时，即使是在白天走一条熟悉的路，也会有因迷路而有回不到村子的可能。即使他自知曾经1000次走过这条路，可他还是会迷茫得像行走在陌生的西伯利亚一样。如若是在晚上，还会走得更加艰难。在平常的漫步中，我们也会时常不经意地凭借某灯塔或是海角为自己指引方向——就算我们不熟知这条航线，在我们脑中依然会浮现出附近海角的景象。我们有可能完全迷路，其实只要我们闭上眼睛在森林中转一下身就会迷失方向，这时我们便会发现大自然是如此奇异浩瀚。无论是睡觉或是心不在焉，我们都应该趁清醒的时候用罗盘检视我们的方向，不要到迷途才知返。换句话说，不要等到我们失去了世界才发现自我，认识到我们的处境，并且明白我们与世界处处相连。

我搬来的第一个夏天即将结束之时，一天下午，我去找村子里的鞋匠拿鞋子，不幸被捕并进了监狱。我拒绝向国家交税，甚至不认可它的权威，它像买卖牛马一样地对待男人、女人和孩子，甚至是在议会门口。本来我是由于别的缘由才到森林中来的。可是，无论你走到哪里，世间那些卑鄙的机构都会紧追不舍，攫住你，想尽一切办法逼迫你回到他们所谓的共济社会中。本来，我可以来一次痛快的反击，怎么也会有些改观，可比起我对社会进行革命，还不如让社会疯狂地与我革命，因为在我们眼中，它才是绝望的无助者。第二天，我获释之后拿着我那只修好的鞋子就回林中去了，还在美港山上大吃越橘。要是没有这些所谓的国家权威，是不会有任何人来骚扰我的。除了锁起自己的稿件，我不用门闩，也不在窗子、梢子上插一个钉子。我夜不闭户，即使我几天都不在家。就是在那年的秋天，我离家半月到缅因州的森林去，我仍然没有锁门。比起驻扎在周围的大兵，我的小屋子更受尊敬。游玩者如果累了，可以坐在我的炉旁取暖休息，若是文学爱好者还可以拿起我桌上的书翻看。那些好管闲事的人，可以从我橱柜中的剩饭菜中得知我的

晚餐如何。尽管各个阶级的人都自由进出我的家门，我却从不为此烦心，也没丢过东西，只是有一卷荷马的小书，大概是让兵营的士兵拿去了，我想可能是镀金封面的缘故吧。我坚信，若是所有人都像我一样平静地生活，偷窃和抢劫的行为便会销声匿迹。而现在仍有这样的现象存在，这是由于社会产品分配悬殊所致，应尽快将蒲伯所译的荷马广为流传才是……

"Nec bella fuerunt,

Faginus astabat dum scyphus ante dapes。"

"子为政。焉用杀。子欲善。而民善矣。君子之德风。小人之德草。草上之风。必偃。"

倍克田庄

我不时地行走在松林树荫间,四周的青松就像瑰丽的庙宇,又像是扬帆起航的舰队,有的还闪烁着耀眼的珠光。绿荫浓浓,就连德罗依德都要抛弃他深爱的橡树林,前来膜拜这洋溢着生命光辉的松林。我有时也前行到杉木林下,这些参天大树上长着灰白的浆果,它们高耸着,即使移植到伐尔哈拉去都丝毫不会逊色。它们被杜松的藤蔓盘绕,藤蔓上硕果累累,铺在地上。有时,我也会跑到沼泽地区,缤纷的松萝地衣从云杉上垂挂下来,那些菌子,则在沼泽中为诸神准备了圆桌,有的还设在了陆地上,最美不胜收的是那些像蝴蝶或贝壳的香蕈,星点地缀在树根上;在淡红的石竹和山茱萸上生长着桤果,闪耀着妖媚的红光。由于蜡蜂攀缘,桤果即使坚硬,还是在它们身上刻下了深深的伤痕;那让人流连忘返的野冬青的浆果,散发着它迷人的香气;还有那么多让我目眩的不知名的野生禁果,它们的美也许并不是我们可以玩味的。我没有去拜访哪位学者,而来拜访这些树,拜访生长在附近一带的稀有树木,它们在牧场中央或在远处耸立着,还有的生长在森林、沼泽的深处，有的则矗立在小山的顶上。黑桦木，就是我要说的一个好标本，直径约有2英尺；穿着得体金袍的黄桦木是它们的表亲，就如前面所见的一样，散发那种迷人的香气，又有着山毛榉那样清洁的树干，上面还绘着诱人的软软的绿藓，实在美妙呵！在这乡间一带，除了一些散在各地的样本以外，我只知道这样一个诱人的小林子，林中的树身都长得相当大，据说它们是附近的一些鸽子飞来播下了附近山毛榉的果实而生的。你若是劈开这些树木，有幸会看到闪着银色光芒的珍珠般的细粒。角树、椴树，多少我还说不出名字的树；那被称为Celtis Occidentalis的假榆树，长得再好也就那么一棵；有做木瓦用的树，做桅杆用的树；我们的铁杉，比一般松树更美妙，像宝塔一

样在森林中矗立着，还有很多我知道的树没能一一提出。当夏天、冬天到来之时，我便来拜访这些神的庙宇。

我站在桥墩上，经历了一次巧遇。彩虹罩着大气，它赋予草叶的颜色让我觉得绚烂，仿佛在透过彩色的三棱水晶看我的周遭。片刻间，一片泛着虹光的湖沼呈现在我的眼前，我则像在湖上鱼跃的海豚。这优美的风光再持久些吧，多么希望这生命的光彩永久地染在我的事业与生命之上。当前行于铁路堤道时，常常有奇妙的光轮出现在我的影子周围，我是那么诧异，不免使我以为自己是上帝庇护的选民。一个同样造访过此地的旅人告诉我，他看到在那些爱尔兰人的影子周围没有这种神奇的光轮，这是土生人特有的标识。班文钮托·切利尼在他的回忆录中也讲到这点，当他在圣安琪罗宫堡中禁闭之时，他做了一个可怕的梦后，一轮光亮罩在他的影子上，无论黎明，或是黄昏，也无论他身在意大利，或是法兰西。特别是在清晨，悬挂在草叶上的露珠还没有散尽之时，那光轮更是清晰。我也讲过大约相同的现象，它在早晨显得特别的清楚，而在其他时间，我们也能看到，甚至是在皎洁的月光下。尽管常常如此，却从不被人注意，可那充满想象的切利尼，却得意地以此构建起了迷信的基础。他说，他只愿为少数人指点享有神的光环。可是，那些清楚自己笼罩在光环之下的人，难道真有什么卓越之处吗？

……

初晴，我离开了爱尔兰人约翰的破屋子，再次在湖边徜徉。徒步穿过草原，涉过泥泞的水潭，绕过沼泽区，在荒凉远离尘嚣的原野上，有一阵子我忽然觉得自己未免有些猥琐：对于我这个走过中学、完成大学的人，竟产生了急于捕捉梭鱼的念头。当我下山时，西方红霞漫天，宛如一条长虹披在肩头。透过明澈的空气，一阵微弱的铃音传入耳中，我仿佛又听到了守护神的私语——日日远行，做一个渔猎者，在足力所及的无尽遥远、无尽宽广的远方。

不必担心行程，许多溪边，许多人家的炉前都是歇脚的好地方。珍惜你的年轻和你旺盛的创造力。黎明时分，睁开你惺忪的睡眼，愉快地起来，只为探险而出发。正午时，到达属于你的湖边。巧的是夜来了，你却十分从容。在这片广袤无垠的土地上，哪里还有比这样的游历更有价值的事情呢！你的性情好比那狂放不羁的芦苇和羊齿，永远也不要去担心它会枯萎为英吉利的干草。尽管让雷霆去咆哮，即使对庄稼有害，但这并不是给你的信息。他们蜗居在车下，木屋中，而你可以将自己敞开在云下。游戏为生才是你的快乐，何必要再以手艺为生。我们欣赏大地，而不能去占有它。我们日复一日地买进卖出，却还是会因胸膛内没有进取心和信心而像奴隶一样地过活。

这就是倍克田庄!

烂漫四散的阳光,

富丽诱人的田园风光……

牧场之上围着栏杆,

在这里看不到狂欢的人群……

你认为这不足以与人争辩,

你也从未困惑这样疑问,

初见时你驯良的一面,

身着朴素的褐色斜纹外衣……

仁爱者来,

僧侣亦来,

圣鸽之子,

和州里的戈艾·福克斯,

把阴谋吊在牢固的树枝上!

夜幕落下,人们悠然地从田间、街头回到家中。当坐在家里,就总是回想他们那些平凡苍白的日子。他们的每一天,都在忧愁中侵蚀,日复一日地品味着自己干瘪的呼吸。当太阳初悬和落下之际,才发现自己的影子走得比自己更远。我们每天如此，不如去远方、去原野，奇遇、冒险，那里有无数新鲜的果实在等待人们摘取，然后携着新经验、新性格、新的自己和影子一同归家。

……

微信扫码
☑拓展视频　☑图文资讯
☑趣味测评　☑阅读分享

更高的规律

不觉中天色暗了下来。我收获颇丰，提着鱼，拖着钓竿，穿过树林回家，途中瞥见一只土拨鼠，被它强烈地吸引住了。它偷偷地从我的前面横穿而过，我心中升起一阵野性的呼唤，引起我不曾有过的战栗。也许你会说是我肚子饿了，可我认为它所代表的是一种野性，激起了我的本能——抓住它，活活吞下去。在湖上生活时，也曾有一两次在林中疯狂地奔跑，觉得自己是一条食不果腹的猎犬；也有过觅食兽肉的冲动，无论吞下的是何等兽肉。渐渐地，对于自己的狂野，已不再感到莫名其妙，而是变得寻常。这是我，我的内心，像镜子一样慢慢地呈现，我洞察到自己，我在探索精神生活，一种本能，一种对生活更高的追求。我知道，尽管许多人对此也有同感，可我却是在把自己毫不保留地交予了我所尊敬的野性生活，义无反顾地踏入了原始的行列。我爱野性，不亚于忠贞于善良。钓鱼，就富于野性和冒险。我喜爱钓鱼，就像我更愿意享受原始的野性、野兽似的度过我的岁月。也许，正是由于在我的青年时期不着边际地钓鱼、打猎，我才与大自然结交下了这种亲密的友谊。很早,渔猎就把我们引入野外,将我们安置在它的风景之中,不然像我那样的年龄又怎能领略到这种野性之美呢?在某种意义上来说,像渔夫、猎户、樵夫这样的人,一生从不会离开他们的原野山林,早已与它们融为一体。他们对大自然的了解,更胜于诗人和哲学家。正如我们所知,后者总是为了某些目的才来接近大自然的。而大自然从不会吝啬,向所有人展示她的美妙。在草原上,旅行家自然就成了猎手;在密苏里和哥伦比亚上游,他们是捕兽者;可当他们到了圣玛丽大瀑布那儿,他们是渔夫。不过,即使这些旅行家被视为权威,在我看来也仅仅是些可怜的家伙,他们得到的仍然是不完备的第二手文献。让我们感兴趣的不是科学论文本身,而是在报告中的实践,或是出于我们本能的发现。这才是我们的期待,它真正属于人类,记录了人性的光辉。

比起英国人所谓的娱乐,我们更忠于原始、寂寞的渔猎之类的

消遣，不愿让位于其他。其中的原因并非如他们以为的，是由于公定休假很少，或是由于男人和孩子们的游戏甚少。我和我同时代的新英格兰同伴们一样，我们在十岁到十四岁的幸福时光中，对于猎枪乐此不疲。我们的渔猎不用划定界限，享有着比英国贵族更高的权力。有时我们更像野蛮人，相比到达之地更是宽广。因此，我们不为公共场所的游戏所动也不足为奇。随着猎物的渐渐减少，情形也在悄然变化。我们——包括保护动物者在内，不再仅仅是猎者，反而成了所猎禽兽的朋友。

我生活在湖边时，有时只是为了调换一下饮食而去捕鱼。第一个捕鱼人是由于需要才去捕鱼，我同样也是。我反对捕鱼是出于自己的哲学，更可能是出于我的感情，可却借上了人道的假名。相对捕鱼，长久以来我对打鸟有不同的看法。要知道，我来到这片密林之前，就已卖掉了我的猎枪。我不怜悯鱼，就像不怜悯它的饵虫。不是我比别人残忍，而是我的恻隐之心不知所踪，也能称上是习惯了。说到打鸟，在我渔猎的最后几年里，我竟坚持着一种荒唐的研究飞鸟学的借口，一味寻找那些罕见而新奇的鸟。可我现在有了更好的一套研究飞鸟学的方法。首先我丢下了猎枪，细致地观察飞鸟的习惯，这成了我的新理由，看起来卓有成效。尽管人道的呼声热烈高涨，有什么娱乐能比打猎更有价值呢？朋友们仍在犹豫是否让孩子们去打猎，试图让我给出些意见，而我一贯回答——无可厚非，这是我生命中一次最生动的教育课——这些起先还是运动员的孩子们，让他们首先成为猎者吧，慢慢磨炼，他们才有可能成为好的猎手，在将来他们也会醒悟，莽原之中哪里有那么多的鸟兽来供给他们打猎。一直以来，我都愿意引用乔叟笔下的那个女尼的说法，她说："老母鸡可从没有说过猎者不是圣洁的人呵。"也许人们不曾记得在生命的历史中有过一个时期，猎者被人们当作"最好的人"而称颂，就如阿尔贡金族印第安人曾对他们的称呼那样。我们可怜的孩子，成长中还没有放过一枪。忽视了对他的这种生动的教育，用什么来雕塑他的性格。而我也曾说过，那些沉湎于打猎的少年们，有一天他们将会走向另一个境界，我坚信。我们的童年，并非世人所认为的无忧无虑。回首时，便不会继续杀戮，我们存于世上有着相同的权利。母亲们，我的同情并非仅限于爱人类——上帝的孩子，在兔子穷途末路时，与我们可怜的孩子也无区别。这是我的忠告。

　　……

　　这几年，我不止一次地发觉，每钓一次鱼，我的自尊心都会丧失一点。我不断地尝试，尽管就像我的同伴们一样，垂钓是我的一种天性。不仅如此，我还富于技巧，在催促下去钓鱼。可是我这样做后，又一再失落，觉得还是不钓鱼会更好些。这并不是我的错误，而是自然的一个隐喻，就像黎明时微溢的光。毫无疑问，我不再留恋这种造物中较低劣的天生嗜好。我捕鱼的兴致每年都会减少一点，可这并没有让我成为一个人道主义者，甚至连一点智慧都没有增加。很清楚，我已经不再是一个钓者了。也许这是对我的一种愚弄，我若是重回旷野生活，我还会去做热忱的渔夫和猎人。尽管鱼肉以及其他食用的肉基本上是不洁的,我也开始深有体会,我们要做那么多家务,生出那么多奇思妙想:要做到每天仪表堂堂,恭敬有礼,就算是蓬门荜户也要整洁而可爱,可花费实在很大。我却是有独到之处,做过屠夫、杂役、厨师,摇身又是享用佳肴的老爷,所以这些不寻常的经历成了我在这里说话的理由。我不赞成吃兽肉,主要是由于它不够洁净。再说,在捉、洗、烹、吃一系列之后,鱼也不见得能给我的身体带来什么营养。既然微不足道,既然如此耗费,又哪里有做的必要呢?比起来,一小块面包,几个土豆,既便捷又干净,何必要那么多的麻烦。和我的许多同龄人一样,我几年不食兽肉或是茶、咖啡等,与其说是我恍然悟出了它们的缺点,倒不如说是因为它们已经不再是我内心所望了。兽肉引起我的反感并不是惯而有之的,我想将它称之为本能更合适。许多时候,辛劳卑微的生活也许会较之更美,尽管我没有尝试,也足以使我充满无限的想象。我相信,每一个热衷于提升自己诗意般精神生活的人,都会小心地远离兽肉,即使是其他食物也需小心食用。昆虫学家却对此事有一个奇特的看法,在柯尔比和斯班司的书中我读到了实例——"有些昆虫,在处于生命巅峰,不愿饮食,对于它们也不难做到。"他们称此为"原理,成虫时期的昆虫吃得要比它们的蛹期少,在蛹贪吃变为蝴蝶,……蛆虫贪婪变为苍蝇之后",他们仅需要一两滴清甜的蜜或是甘洌的液体就得以满足了。正是蝴蝶翅下依然尚存的蛹的残遗,引诱着它嗜杀昆虫。还处于蛹的状态的人,是大食量者;生活在这些国家下的人,正是处于蛹的状态,他们没有幻想，缺乏想象力，他们的大肚皮仍在出卖着他们。

……

我们全部的生命在于理性。善与恶的争辩无休无止，只有善是亘古不败的。在为全世界弹拨的竖琴之音中，我们始终称颂善的主题。这好比宇宙旅行保险推销员在宣讲公司条例，我们只需行小小的善行就可支付保险费。善的称颂，尽管年轻人会逐渐对它失去兴趣，可它依旧是宇宙间不变的法则，永远和敏感的人们同行。静静聆听西风的谴责之辞吧，不能听到的人是不幸者。每当我们弹拨音弦之时，美好的寓意就会沁透我们的心田。虽然我们生活卑贱，其中也傲然着有趣的讽刺：令人生厌的声音传到远方，听来也会像是音乐。

众所周知，在我们体内潜伏着一头野兽，趁我们的理性昏昏欲睡时，它就会觉醒起来。它像一条毒蛇，难以一举清除；也像一些虫子，寄居在我们的生活甚至是我们健康的体内。面对它，我们也许能够逃避，却永远不能征服它。尽管我们健康地生活，但它仍旧存在，我们永远不能拥有纯净之身。有一天，我用节欲和净化自己以外的方法拣到了野猪的下颚骨，它上面还完整地保留着洁白的牙齿和獠牙，更显示着一种实实在在的动物的健壮。孟子说："人之所以异于禽兽者几希，庶民去之，君子存之。"若是我们能恪守纯洁，谁又知道我们的生命将会如何？我如若知道谁是能恪守纯洁的人，我一定要去向他请教洁身自好的方法。"依吠陀经典所说，在心灵上接近神的不可缺少的条件，是能够节欲和控制身体外在的感觉，并且多行善事。"然而，理性却能在瞬间渗透并控制我们身体上的每一处细节和感觉，使表面的恣意纵欲化为心灵的纯洁与虔诚。纵欲将使我们奢靡而不洁；克制则会使我们精神洋溢。人类浇灌贞洁的花朵，创造力、英雄主义、神圣等各种果实结于之上。当贞洁的海峡畅通之时，人类便会迫不及待地奔涌到上帝身旁。忽儿，我们会为纯洁欢欣鼓舞；忽儿，又因不洁而沮丧万分。能够自知体内的兽性日日消散，比之神性日日茁壮者才是有福之人。但可若与劣等的兽性结合，便会带来无尽的耻辱。我忧虑我们只是农牧之神和森林之神，或是半神与兽结合的妖怪，或是饕餮好色的动物。更忧虑我们耻于我们的一生。

> 这人何等欢愉，斩除了脑中的林莽，
> 将群兽驱逐出内心。
> ……
> 让马、羊、狼和一切野兽为人所用，
> 和其他动物相比，自己还不算是蠢驴。
> 否则，人将不只是猪猡的放牧者，
> 而且同时也是妖魔鬼怪，
> 使野兽不受驾驭，使自己划向深渊。

世间淫欲虽有各种形态，却是殊途同归，就像一切纯洁也只有一种。其实，一个人大吃大喝和淫荡的男女同床是一回事，我们只要明晰一个人如何做其中之一，就能看透他是怎样的一个好色之徒。不洁和纯洁非左即右，这好比我们一旦在洞穴的一端锤击到蛇，它就会逃到洞穴的另一端。你若是崇尚贞洁，你就要竭力克制。贞洁又是什么呢？人如何才能得知他是贞洁的呢？他不会知道。贞洁之词不绝于耳，但不知道什么是贞洁，我们只能依从古老的传说来认识它。智慧和纯洁出于实践，而懒惰却生于无知和淫欲。学生要是懒惰就会滋生淫欲，不洁者往往本身就是惰性十足者：他并不感疲倦，而他要求休息，或是坐在炉边烤火，或是沐浴阳光。人，要是不想沾染不洁和一切罪恶，你就热忱地工作吧，即使只是清扫马厩。尽管克制天性很难，但我们必须竭尽全力。尽管你是一名基督徒，你若是不比异教徒纯洁，不比异教徒更多克制，不比异教徒更虔诚，那你又能怎么样呢？就我所知，有许多被认为是异教的教律会使读者感到羞愧，尽管这些教律不过是奉行仪式罢了，但仍要求信徒要努力去做。

  我不情愿谈论洁与不洁，并不是因为这个主题本身，我也不在乎我在其中使用了何等猥亵的字词，而是因为对它的谈论恰巧泄露出了我的不洁。我们已经太堕落，不能理所当然地谈论人的天性。对于淫欲，我们常常畅所欲言，但对于与之相对的贞洁却又缄默不语。而在稍早的一些年代里，在某些地方，每一样活动都可光明正大地谈论，并且持之有度。尽管近代人不再引以为然，而在印度，立法者丝毫不嫌琐碎，他教人如何饮、食、同居，如何排泄污物等；他正视卑贱，而不是避而不谈。

  每一个人都是自己神庙的建筑师。他用自己的身体为自己建造神殿，在其中以自己的方式崇敬他的神，即使他早已去雕凿其他大理石，但仍旧守护着自己的神殿与尊神。我们作为雕刻家与画家，用我们的血、肉、骨骼进行雕绘。任何崇高的品质，一开始就在重塑着一个人，但是任何堕落或淫欲也能在瞬时使他变为禽兽。

……

禽兽为邻

……

有一种不寻常的老鼠时常来拜访我。

据说,常见的老鼠是由外地带来的,而我家的这种老鼠不是出没在村子里的土生野鼠,于是我给一位著名博物学家寄去了一只,对此他也极有兴致。记得在我造房时,当时我还没铺楼板。清扫房屋时,我的屋子下面就居住着一只土生野鼠,每到午饭时分它就来到我的脚边吃面包屑。也许它从未接触过人类,我们变得十分亲密,它蹿过我的皮鞋,甚至爬上我的衣服。它像只松鼠,敏捷地攀上房屋,就连动作都与之相似。后来有一天,我正肘部斜倚着坐在那里,它爬到我的衣服上,紧盯着食物托纸,在我的袖口上来回打转。见势,我把托纸拉向自己,然后又猛然推给他。跟它周旋了会儿,最终我捏起一片干酪,它就坐在我的手掌中美美享用。吃完后,苍蝇似的上下擦拭之后,扬长而去。

很快,一只美洲鹟在我家中做巢,一只知更鸟巢居在我屋旁的松树上,我保护着它们。就连怕羞的鹧鸪(Tetrao Umbellus),

在六月前后也会带着它的幼雏从林子里飞来我的房子,掠过我的窗子,在我的屋前像老母鸡似的咯咯地唤着它的孩子们,这些行为表明它是生活在森林中的老母鸡。每当你走近它们时,母鸟就会立刻发出信号,随即一哄而散,那样子就像一阵旋风吹散了落叶。这些鹧鸪长着一身像枯枝败叶般颜色的羽毛,常有旅行家一脚就踏进幼雏的中间,母鸟就会竭力地拍动翅膀回旋在那些旅人的周围,并发出焦急的呼号,以此引得他们的目光,而不再去注意他们周围的雏鸟。母鸟会在你们面前打滚、打旋,骚乱羽毛,一时之间你都不能辨识它是何种禽鸟。幼雏们则安静地蹲着,身子尽量贴近地面,常常把头藏到落叶底下,专注地听着远处的母鸟发来信号。此时就算是你走近它们,它们也不会再四处逃散,当然不会被你发觉。甚至有时你已经踩到了它们,还望了一会

儿，可是还是不清楚自己踩到了什么。偶尔一次，我把雏鸟放在我的手掌中，出于服从自己母亲的天性，它们非但不觉得恐惧，不哆嗦，依旧如常地安静地蹲着。它们的这种本能始终如一，堪称完美。又有一次，我把它们放回到树叶上，其中有一只不小心跌倒在地上，可是10分钟之后又保持了原来的姿势，与其余的雏鸟蹲在一起。鹧鸪的幼雏不像其他的幼雏，它们从小就羽翼丰盈。与小鸡相比，它们的羽毛丰满得更快，而且也更早成熟。看它们那宁静透彻的大眼睛，显然已经成熟起来了，却又是那样的天真可爱，使人一见难忘。这样的明眸似乎闪烁着全部的智慧之光，既透着婴儿期的纯洁，更蕴着由经验洗练过的智慧。鸟儿的明眸并非与生俱来，而是同它映出的天空一样久远，山林之中也未能蕴生出这样明眸般的宝石。普通的旅行家也大都不会注意到还有这样清澈的一口井。鲁莽愚昧的猎者在这个时候常常会无情地枪杀它们父母，自此一群无助的幼雏成了饥肠辘辘的野兽的腹中物，或混入与它们如此相近的枯枝败叶中慢慢消散。据说，若是被老母鸡孵出的幼雏，因为听不到来自母鸟的召唤，行为就大不相同了。只要稍有惊扰，都会让它们慌乱奔走，自然难以幸免。它们便是我的母鸡和幼雏。

……

村中迟缓笨拙的牛，大都只适合在地窖里与乌龟嬉戏。如今它们偷跑出来，拖着蠢笨的躯体在森林中跑跑跳跳，无所事事地嗅嗅老狐狸的巢穴和土拨鼠的洞。可能是羸瘦的恶狗将老牛引来的吧。这些恶狗经常在森林中自如地穿行，林中的鸟兽也要对它们心存恐惧。被恶狗甩在后面的老牛，执拗地对着树上的小松鼠吼叫，而松鼠们却安然地站在树上审视着它，于是老牛只有无奈走开。笨重的躯体折弯了树枝，自视自己在和一些迷路的老鼠追逐。有一次，我发现一只猫正在湖边的沙石岸上散步，一般来说它不会离家远行，这使我们面面相对时都为彼此的出现感到诧异。然而，就算是一只每天赖在呢毡上最懒散的猫，踏入森林也会像是重回故里，它那狡猾谨慎的步伐仿佛向人们昭示它是土生土长的森林禽兽。一次我在森林中拾浆果时，巧遇了一只猫。当时它正领着自己的一群孩子，看得出小猫还保持着完整的野性，像它们母亲一样高高地弓起背脊，凶恶又略带惊恐地向我喷吐口水。在我入住森林前，听说在林肯湖区附近的吉利安·倍克田庄中，有一只所谓的"翼猫"。于是，在1842年6月的一天，我专程去拜访了她（由于我不能肯定她的性别，所以我使用了常用作称呼猫的女性代名词），她去森林猎取食物的习惯至今未变。女主人告诉我，在去年的四月，女主人在这附近看到了她，于是就将她收容在家了。这只猫身上披着肉桂色的长毛，喉部有块白色补丁，四蹄踏雪，还有一条蓬松的长尾，整体像狐狸一样毛茸茸的。到了冬天，毛发就会越发的密实起来，两条10至12英寸长、2英寸半宽的带子披挂在身体两侧，下巴上也覆盖了些松散的饰毛，像是一只温暖的小手套。底毛缠结在一起，每逢春天，这些附着的长毛便会全部脱落。其主人赠予我一双她的"翅膀"，我一直珍藏着。翅膀的外面似乎也并没有附膜。常有人认为这种猫的身体中流着飞松鼠,或是某种野兽的血,这也不是没有可能的。据博物学家讲,许多这样的杂种都是由貂和家猫交配而来的。若是我要养猫,我会很中意这样的猫,既然诗人的马能够插翅飞跑,为什么猫就不能飞呢?

秋日,潜水鸟(Colymbus Glaclalis)像往常一样飞来此处,在湖中沐浴更衣。我还在甜梦中,它狂放的笑声早已回荡在森林中了。磨坊水闸上的猎人一听到这样的信号便立即出动,带着猎枪、子弹,还有望远镜,或是步行,或是乘坐马车,三三两两地前来,他们像是秋天的落叶般飒飒地穿行在林中,一只潜水鸟至少要面对十个猎者。猎者们在湖的两岸站岗放哨,因为潜水鸟从这边潜至水下,必定会从那边浮出,因此这些可怜的鸟不能够同时在各处出现。可是,当那十月的风吹来,树叶沙沙作响,吹皱了湖面,不管

猎人们如何用望远镜监视水域，它们枪声如何在林中震荡，潜水鸟都早已渺无踪迹了。水波激涌，愤怒地拍打着湖岸，仿佛它与水禽结为同盟。此时，我们的好猎者只能无功而返，回到镇上的店中继续他们未完的事务。好在他们的事务倒是小有成绩的。

……

秋日里，我长久地以看野鸭为乐，看它们如何愚弄并逃避猎人，在湖中央机敏地游来游去。照此架势，它们无须在路易斯安那的长沼中进行特训。它们起飞时，会飞到一个相当的高度，回旋着，仿佛空中的一点。在这个高度，想必别的湖沼河流也会尽收眼底。但当我认为他们会停在这一点时，它们又猛然间斜飞直下四分之一英里，在远处的一个比较安静的区域停留了下来。但是，它们飞到瓦尔登湖的中心来，不是为了安全起见，还会是什么呢？我不清楚，也许它们也有和我相同的理由，因为深爱这片湖水。

室内的取暖

……

9月初，隔着湖，就在三株岔开的白杨之下，在一个靠近湖水的转角处，我看到三两株小枫树的树叶已经红了。啊！它们的颜色讲述了许多的故事。

一个又一个星期过去了，慢慢地每株树的性格都露出来了，它欣赏着倒映在明镜般的湖面上那自己的影子。每天清晨，这个"画廊"的"经理"都会取下墙上的旧画，换上一些新画，使得"画廊"的色彩显得更鲜艳或韵味更和谐，看上去非常出色。

10月，数以千计的黄蜂会飞到我的住所来，似乎是来过冬的。它们住在窗户里边我头顶上方的墙上。有一些有时却飞不进来，每天早晨都会有几只冻僵，我就把它们扫到屋外，但我不愿意费神去赶走它们。它们肯"光顾"我家避寒，我还觉得很荣幸呢！虽然它们跟我睡在同一房间，但是它们从来不严重地侵犯我。后来它们慢慢地消失了，我猜不到它们躲到哪个缝隙中间去躲避那冬天和那难以形容的寒冷。

在11月我准备过冬之前,像那些黄蜂一样,我会先到瓦尔登湖的东北岸去。在那里,阳光从松林和岸边的石头上反射过来,便成了湖上的高温区。趁你还能做到的时候,利用太阳来取暖,这样比生火更好,也更加卫生。夏天已经像猎人一样走掉了,我用它所留下来的还在发光的余火取暖。

……

直到天气真的非常冷了,我才开始抹墙。为了这个工作,我撑了小舟到湖对岸去弄来更白的细沙。有如此运输的工具,如果有必要,就是让我去得更远我也是乐意的。在这段时间内,我的房子的四面都钉满了很薄的条状木板。钉这些木板的时候,我很开心,可以一下就钉好一只钉子。同时我还打算要迅速而漂亮地把灰浆从托板上抹到墙上。我记起了一个关于某个自负的人的故事。他穿着名贵的衣服,经常在村中闲逛,煞有介事地指点工人们。一天他心血来潮,打算用实践来代替他的理论。他挽起袖子,拿了一块泥水工用的托板,放上灰浆,直到这一步都还算好,于是得意地望了望头顶的板条,心一横,把灰浆向上糊去,结果自然是出丑,所有的灰浆都落到他那傲慢的胸脯上。我再次欣赏我的杰作,它能如此经济、如此简单地击退了寒冷,它既光滑又漂亮,我从而了解了一个泥水匠的职责和可能发生的意外。使我惊讶的是,在我抹平它之前,砖头如饥似渴地吸干了灰浆中的所有水分。为了建个新的壁炉,我用很多桶水。去年冬天,我就曾经试过,用我附近的河中的学名叫"Unio Fluviatilis"的一种贝壳烧制成少许石灰所以我已经了解从何处去弄材料了。如果我愿意,或许我会步行一两英里,寻到更好的石灰石自制石灰。

……

冬天终于满怀热心地来了。在我刚刚把泥墙抹完时,风就开始在房子的周围号叫,似乎它已经等待了很久,刚刚被获准发狂。一夜又一夜,野鹅从夜色中呼啦啦地飞来,呼号着,扑扇着翅膀,直到雪完全覆盖了大地。它们有的停在瓦尔登湖,有的低飞过森林到了安全的港湾,准备飞往墨西哥。好多次,在10点、11点时候,我从村里回到家,我都能听到一群野鹅或者是野鸭的叫声。在我房子后面,踩过林中洼地边的枯叶,它们是要去那儿找寻食物了。我还能听到它们的头鸟低鸣着快步而去。1845年,瓦尔登湖第一次彻底封冻是12月22日晚上,而弗林特湖和其他较浅的湖沼早在十多天前就封冻了;1846年是12月16日;1849年大约是12月31日夜;1850年大概是12月27日;1852年是1月5日;1853年是12月31日。

自11月25日以来,地面上已经有了积雪,冬天的景象似乎突然展现在我的面前。我更老实地躲在我的"壳"里,并期望在我的屋子和心里都点燃一团火。现在我户外的工作便是去林中找枯枝,用手抱着或用肩扛着,把它们弄回来,有时还把它们夹在腋下带回家。在夏季曾用作篱笆的葱郁的树现在足够我收拾的了。我用它们祭祀火神,因为它们已经祭过了土神。这是多么有意思的事!到林中狩猎,或者说去偷燃料,煮一顿饭。我的面包和肉都很香。我们许多的乡镇,森林里都有足够的木柴和废木料可以生火,可是现在它却没有给谁带来温暖，有人还认为它们妨碍了幼林的生长。湖面还有许多漂来的木料。夏天，我曾经发现了一艘苍松木制成的木筏，那是修铁路时爱尔兰人钉在一起的，树皮还保存着。我把它的一部分拖上岸。它已经浸了约两年之久，并又放在高地上有6个月，虽说饱含着水无法晒干，却是很完美的木料。冬日里的一天，我把木头挨个拖过湖来，自得其乐。拖了有半英里远，木头长15英尺，一头搭在我肩上，一头拖在冰面，就像滑冰似的拖了过来。或者我就把几根木料用白桦树的细枝捆住，再用一枝较长的白桦枝或桤树枝钩住它，钩过湖面。水虽然以饱和状态存留在这些木头里，并且使得它们像铅一样重，但这些木头不但经烧，而且烧得非常旺。因而，我认为它们浸湿了更加好烧，好似浸过水的松脂，能在灯里燃烧很长时间。

……

每个人见了这柴堆都很欢喜。我爱把我的柴堆码在窗下，越多的木柴越能唤起我对那愉快工作的记忆。我有一把被人弃用的旧斧子，冬天里我常在屋子的向阳面劈那些从豆地挖出的树根。就像在我耕田时租给我马匹的那人曾说过的，这些树根能两次给我温暖：一次是我将它们劈做柴时，另一次是在烧它们时，没有任何燃料能够产生如此多的热量了。至于那把斧子，我曾计划到村里的铁匠那去锻一下，但最后我自己锻了它，并给它装上个山桃木的手柄，把它修好了。尽管它很钝，但毕竟是修好了。

几片富含油脂的松木就是一笔宝贵的财富，至今仍不知道还有多少这样的燃料埋藏于地下。前些年我常在光秃秃的山顶上眺望，那里曾经有一个大松林，在那里我找到过一些富含油脂的松根，它们几乎无法被破坏。老的树根至少有30到40年了，中心还是完好的，虽然边缘部分已腐朽了，那厚厚的树皮在中心周围四五英寸处形成了一个环，与地面相齐。你用斧头和铲子来发掘这个"矿藏"，沿着那像是黄色的牛油，又像是骨髓般的"矿藏"，或像找到了金矿的矿脉，并一直深入地下。一般我是用林中的枯叶来引火，那还是在下雪前我储存在我的棚子里的。精心地劈开泛青的山核桃木，那是樵夫们在林中露营时生火用的。每隔一段时间，我同样也会准备这样的燃料。就像村中那袅袅的炊烟似的，我也借着烟囱中冒出的这道浓烟，向瓦尔登谷中的原始居民示意，我醒着——

> 轻展如烟的翅膀啊，伊卡洛斯之鸟，
> 飞向高处，你的羽毛就要熔化，
> 没有以歌声做报晓信使的云雀，
> 盘旋在作为你的家的小村上空
> 或者是来自午夜的正在消逝的梦，
> 午夜的幻觉，在你的衣裙聚集；
> 白昼给夜晚的群星蒙上了面纱，
> 遮住了阳光，把光明变暗；
> 去吧，我从这火炉上升的薰香，
> 要请诸神宽恕这明亮的火光。
> ……

鼹鼠就在我的地窖里安家，每次都要啃去3成的土豆。它们利用我抹墙剩下的兽毛和几张牛皮纸建造它们的巢，因为就算是最具野性的动物，也像人类一样喜欢舒服和温暖。也因为它们如此经心地做了这个巢，它们才能活过这个冬天。我有一些朋友，他们说我跑到森林里来，似乎是为了把自己冷藏起来。动物只需在背阴的地方弄一张"床"，以自己的体温取暖。但是人，因为发现了火，就把空气控制在一个宽大的房子内，把它弄暖和，代替以体温取暖。然后把屋子做成一张暖床，让他在走动时能少穿许多累赘的衣服，把夏天的温度保持在房间里。更由于有了窗子，能使这里明亮，再用一盏灯，就能把白昼延长。这样，就从一两个方面超越了他们自身的能力，剩下少许时间就能用来从事美术创作了。虽然，当我长时间暴露于狂风里，我的身体就开始麻木，可是当我回到了温暖如春的房子里，我的身体就能立即恢复，而且使我的生命得以延长。哪

怕是住在最豪华的房子里的人，在这方面也没有什么值得夸耀的，我们也不必花精力去猜测人类最后将如何消失。只要北方吹来一股稍微刺骨的风，他们的生命任何时候都可能结束，这还不简单？我们总用寒冷的星期五和大雪来算计日子，但就算稍微寒冷的星期五或稍大一些的雪，就可以结果地球上的人类。

因为森林并不是我的，所以次年冬天，我只用了一个小炉灶。但是它不能像壁炉那样能使火焰保持旺盛了，煮饭在那时候不再是充满诗意的事，仅仅成了一个化学过程。在用炉灶的那些天，在灰烬中的印第安烤土豆将会被很快忘掉了。炉灶不仅占空间，熏得房间里充斥着烟味，而且看不见火，我感觉好像失去了一个伙伴似的。你经常可以在火中发现一个面孔。劳动者在晚间凝视着炉火，常把日间积攒起来的凌乱而又粗鄙的思想一股脑地投入火里去洗练。可我再也不能坐着凝视火焰了，有一位诗人切题的诗句使我找到了新的力量：

"明亮的火焰，永远不要否定我，
你那可爱的生命的影子，无间的感情，
向上燃烧的光亮，是我的希望？
到夜晚溅弱和昏暗的是我的命运？
你是被所有的人欢迎和喜爱的，
为何给驱逐出我们的炉边和大厅？
难道是你存留着太多想象力，
为了普照生命的光，谁是如此的迟钝？

你忽明忽暗的光不是我们能控制的

借由我们相同的灵魂？不可宣扬？

是的，现在我们坐着安全而稳定，

在一个没有暗影的炉灶旁边。

也许除了火之外，没有欢乐与忧愁

温暖我们手和脚——没有更多的要求；

有了这充实的一堆火，

人在这里可以坐着，也可以安然入睡，

不必害怕灰暗的过去中的鬼魂，

借着木柴和跳动的火焰与我们谈天。"

冬天的禽兽

……

在冬天,无论白天还是黑夜,我总能听到来自远处的阵阵凄绝的枭嗥,好像是用拨子弹奏时,这冻结了的大地发出的响声,正是瓦尔登森林的Lingua Vernacula,后来我很快熟悉了,尽管从未见过那只枭引吭高歌的样子。冬夜,我打开门,总能听到它"胡,胡,胡雷,胡"地叫着,响彻云霄,特别是前三个音好像在说"你好"。有时它也只随意地"胡,胡"乱叫。一个初冬的夜晚,湖水还未结冻,大概九点钟,忽然一只飞鹅高声鸣叫,令我一惊。我走到门口,又听到它们拍打着翅膀犹如一阵霹雳,"呼"的一声低低地擦着我的屋檐飞过。它们掠过湖面,飞向美港,似乎害怕我的灯光。它们的指挥官有节奏地叫着。猛然间确定,那是一只猫头鹰,跟我近在咫尺,发出了暗哑而颤抖的声音。在森林中是不可能听到的,它间隔一段时间就回应一次飞鹅的叫声,似乎在咒骂那些从赫德森湾来的侵入者。它发出了声音洪亮、音域宽广的地方土话的声音,"胡,胡"地要把它们从康科德驱逐出去。在这个单独属于我的夜晚中，你为什么要惊扰整个堡垒呢？你以为在这个时候，我一定在睡觉，而我也没有你那样的肺和嗓音吗？"波—胡，波—胡，波—胡！"我从未听见过如此令人恐惧的杂乱无章的声音。可是，假如你通晓音律，就会发现它们原本是和谐的，似乎是这带原野上从未看过，也从未听过的。

……

有时候，我能听到狐狸踩着积雪的声音，它们在夜晚寻找鹧鸪或别的飞禽，像森林中的恶犬似的，有时鬼哭狼嚎般地狂吠，好像心急如火，又好像在表达什么，要挣扎着寻找光明，要变成狗，自由地在街上狂奔。假如我们按年代计算，禽兽不也像人类一样，存在一种文明吗？我认为它们像原始人，穴居的人，时刻警惕，等待着它们的蜕变。有时候，我的灯光把一只狐狸吸引来，它靠近我的窗，向我发出一声狂妄的咒骂，然后转身逃窜。

清晨，我总是被赤松鼠（Sciurus Hudsonius）惊醒。它在房梁上跑跳，或在整个房间蹿上蹿下，好像这是它走出森林的唯一目的。冬天，我把大概有半蒲式耳那么多的尚未成熟的玉米穗扔在门前的积雪上，引诱来各种各样的动物，然后查看它们的举动，这是我认为非常有趣的事情。兔子总是在傍晚到黑夜的时候跑来，美美地大吃一顿。赤松鼠则一整天都来往不断，它的灵敏尤其令我愉悦。有一只赤松鼠小心翼翼地穿过矮橡树丛，在雪地上跑跑停停，好像一片叶子被风推搡着过来。它一会儿以快得惊人的速度往这个方向跑几步，耗费了很多体力，那副快跑的姿势好像要背水一战，一会

儿它又往别的方向跑出半杆左右的距离,然后忽然做个有趣的动作停住,莫名其妙地翻个觔斗,好像全世界的目光都在注视它——即便在森林最深处、最孤寂的地方。一只松鼠做出的动作总像舞女似的,始终相信有观众在欣赏它。它如此拖延,卖关子,浪费了很多时间,假如直线前进早到了目的地。然而,我从未见过哪只松鼠能安然规矩地走过。突然,刹那间,它已经站在一棵小苍松顶,憋足了底气,谩骂起那些想象中的观众来,又好像在自言自语,或者向全世界宣讲——我揣摩不出这其中的原因,它自己大概也很难说清。最终,它走过去,拣起一个玉米穗,用那杂乱的三角形路线跑跳着,蹿到了我窗前那个木柴堆的最高点。它站在那里正对着我,而且一坐就是几个小时,不断地找来新玉米穗。刚开始它总是很贪吃,把露出半截的穗轴扔掉;后来它更机灵了,竟玩耍起它的食物来,只吃玉米粒。而当用一只前掌托着的玉米穗突然掉在地上时,它就做出一副无可奈何的神情，低头看着玉米穗，好像在琢磨：玉米穗是活的吗？是该捡起来呢，还是再去拿一个，或者索性走开？它一会儿盯着玉米穗看，一会儿倾听风声。就这样，这个鲁莽的家伙一上午工夫就糟蹋了很多玉米穗。直到最后，它挑了一个最长最大的——比它自己还要大，敏捷地背起来，往森林走去，就像一只老虎背着一只水牛——它仍旧毫无规则地走，走走停停，前进得十分艰难，好像玉米穗太沉，总是往下掉。玉米穗被放置在近乎垂直线与地平线之间的对角线上，它决定把它背到目的地——一个罕见的如此唐突而又左顾右盼的家伙，就这样把玉米穗带到了它住的地方——大概四五十杆外的一棵松树顶上。后来我总能在森林里发现穗轴被扔得到处都是。

最后樫鸟也来了。它们还在八分之一英里以外时，就听见它们不和谐的声音了。它们小心翼翼地悄悄从一棵树飞到另一棵树上，越来越近，一路上捡拾起松鼠掉落的玉米粒。接着，它们在一棵苍松的枝头停下了，打算吃下那粒玉米，可玉米粒太大了，卡在喉头，让它们难以呼吸。好不容易吐出来后，它们用嘴不停地啄了起来，试图把它啄碎——明摆着，这是一群盗贼，我鄙视它们。还是松鼠们，虽然开始时有点畏畏缩缩，后来却像拿自己的东西一样肆无忌惮。

与此同时，一群山雀也飞来了，捡起松鼠掉落的碎粒，飞到邻近的枝头，用爪子按住，用小嘴啄，好像在啄食树皮中的小虫子似的，直至把玉米粒啄到可以从细喉咙直接咽下去那么小。每天都有一些这样的山雀到我的木材堆中饱餐一顿,要么就吃我门前的那些碎粒,发出好像草丛里冰柱那样的低微而迅速地咬舌儿的声音,要么就朝气蓬勃地"代,代,代"地叫。偶尔,它们会在春天般温暖的日子里,从林间发出极富夏意的"菲—比"的琴弦似的声音。它们跟我熟悉了以后,有一只山雀飞到我抱着的木柴上进了屋,堂而皇之地啄着细枝。有一次,我在田地里锄草,一只麻雀飞过来停在我的肩上,虽然只是一会儿的工夫,可是当时我觉得比佩戴任何勋章都风光和荣耀。后来,松鼠也跟我熟悉了,偶走近路时,会踩着我的脚面过去。

……

我经常看到野兔子(Lepus Americanus)。整个冬天,它经常来我的屋子下面活动,我们仅一个地板之隔。每天清晨,我稍一有所动作,它就急忙逃走,我也被惊醒了——"砰,砰,砰",它一时急促,脑袋撞上了地板。傍晚,它们总是来到我的门前,吃我扔掉的土豆皮。它们和土地的颜色太相近了,如果一动不动,简直分辨不出来。有时在傍晚时分,我突然看不见它们了,突然又看见了它们静静地呆坐在窗下。这时,如果我推开门,它们就会吱

吱乱叫，乘虚而入。近看它们，我不免心生恻隐。有一天晚上，离我两步远的门口坐着一只野兔。开始时，它怕得浑身颤抖，却没有逃走。多可怜的小东西啊，瘦骨嶙峋，耳朵破，鼻子尖，尾巴秃，脚爪细。看上去，大自然似乎除了它，没有更尊贵的品种了。它的大眼睛一点也不苍老，可也并不健康，水肿，像有病了似的。我走进一步，它的腿弹力十足，一蹴而起，越过雪地，谦恭地伸直身子和四肢，随即在我们中间隔上了一座森林——从这狂野而灵活的肌肉中，足见大自然的造诣和威严。

……

如果没了兔子和鹧鸪，田野就不能称之为田野了。它们是土生土长的最简单的动物。从很久以前到现在，这些古老而可敬的动物始终存在着，它们从属于大自然的色彩和性质，是树叶和土地最密切的盟友，相互之间也是盟友。不像飞禽依靠翅膀，也不像走兽依

靠脚。看着兔子和鹧鸪跑掉，你不会把它们看成是禽兽，而会看成大自然的一部分，好像飒飒的木叶一样。无论如何变迁，兔子和鹧鸪一定能够永存，像自始至终就存在的人一样。假如砍伐了森林，它们可以在矮枝和嫩叶间藏身，它们甚至还能

因此而加速繁衍。连一只兔子的生活都不能供给的田野必定贫乏至极。森林对于它们两者都很适宜，在每一个沼泽附近都能看到兔子和鹧鸪在行走，而牧童们却设置了陷阱——细枝编成的篱笆和马鬃制成的圈套。

冬天的湖

……

每天一大早，所有的一切都被浸渍在严寒之中。人们带上钓竿和简单的便当，越过雪地来钓鲈鱼和梭鱼——这些粗野的人并不像城里的人，他们很自然地采取其他的方式生活，相信其他的力量。他们如此往来，把城市一点点地拼凑在一起。不然，城市还是七零八散的。身穿结实的粗呢大衣的他们坐在湖岸边，在枯燥的橡树叶上吃午餐，他们关于自然界的经验，就像城里人十分擅长伪装一样，非常丰富。他们从不看书学习，所了解和所能说的，远不及所能做得多。据说，他们做的事没人知晓。有一个人用大鲈鱼做诱饵钓梭鱼。虽然在严冬里，他的桶却好像一个夏天的湖，鱼多得令人震惊，仿佛他把夏天留在了他的身边，要么就是他知道夏天的藏身之地。要不，他如何能做到？哦，原来是大地冰封了，他从枯木中找到虫子，才捕到了这么多的鱼。他本身就是在大自然深处生活的，超过了自然科学家所能钻研的深度。他自己其实就是自然科学家的一个科研题目。科学家用刀子小心翼翼地撬起苔藓和树皮，寻找虫子，而他却一斧子砍到树中心，直砍得苔藓和树皮迸飞。剥树皮是他的谋生手段，于是他有了捕鱼权——我看到大自然赋予他力量。蜻蜓被鲈鱼吃，鲈鱼被梭鱼吃，梭鱼被渔夫吃——生物等级链就是这样环环相扣。

有时，在有雾的天气里，我到湖边散步，我会饶有兴趣地看到一些渔人采取最原始的钓鱼方式。他在距离湖岸相等距离的冰面上凿很多小窟窿，相互间隔四五杆，把白杨枝横在上面，用绳子绑住丫枝，以免它被拽下水。然后在高于冰面一英尺多的地方，在白杨枝上挂上松松的钓丝，还附带一片干枯的橡树叶。这样，钓丝被拉下去的时候，就证明鱼上钩了。雾中，这些白杨枝等距离竖立着，你围着湖刚不到一半，就能看到。

……

奇怪得很，人们没有亲自勘查，就相信这个湖是无底的。我在这一带散步时，曾发现两个这样的无底湖。很多人确信无疑，认为瓦尔登湖与地球的另一面相通。有的人长时间地躺在冰面上，通过幻想中的某种介质往下望时，也许满眼水波粼粼。可是他们怕着凉，所以当即就下结论，称自己看到了很多大洞穴。假如真有人下去填充干草，"多少干草也塞不满"，那一定是冥界之河的入口——一直通向地狱。从村里又来

了一个人，驾着一头56号马，装了满满一车的绳子，却探不到湖底——因为当56号马停在路边时，他们就把绳子伸进水里，测量它的神秘，结果自然是徒劳。然而，我可以肯定地告诉读者的是，瓦尔登的湖底坚密得合情合理，尽管那是一个稀世罕有的深度，可并不是不合理。我用一根钩鳕鱼的钓丝来测量。简单得很，只需在它的一头系上一块1.5磅重的石头，它就能确切地告诉我石头在什么时候到达湖底，因为如果它下面没有湖水，需要费很大的劲儿才能把它拉起来。而最深的地方正是102英尺。如果加上后来湖水上涨的5英尺，总共107英尺。如此窄小的湖面，竟这么深，真是太不可思议了！可是不论你多么富有想象力，都不能减少它一英寸。假如所有的湖都不深，又如何呢？还不都在人类的心灵上得以反映吗？我崇拜这个湖——它深而纯净，有所昭示。如果人们还相信无限，就会认为有些湖泊是无底的。

　　一个工厂主并不相信我所测得的深度。因为他根据自己对水闸的了解判断，那么陡斜的角度上，细沙是不可能在上面停留的。

可是即便最深的湖，如果按照面积的比例来看，也并不像很多人想象的那么深。假如把湖水吸干，显露出来的地形也并不十分陡峭。它们不是像山谷一样的杯形，因为就面积而言，这个湖虽然深度罕见，而经由中心的纵切面却像一只浅盘子那么浅。很多湖泊干涸后，留下的是片草地，并不是我们想象中的低洼。威廉·吉尔平描写风景生动而贴切，站在苏格兰的费因湖湾之顶，他写道："这湾盐水，60到70英寻深，4英里宽。"大概50英里长，四周高山环绕，他还评说道："假如我们能在洪水漫延，或者不管是大自然的什么变迁形成它的时候，在那湍急奔腾的水流注入之前，这一定是个十分恐惧的缺口！""屹立的山峰升得这么高，凹陷的湖底陷得这么低，真是个又宽又广的好河床。"

……

假如我们掌握了大自然的全部规律，只要弄清一个事实，或者如实地描绘某一现象，就能融会贯通，得出全部特殊的结论。而现在，我们掌握的规律很少，结论错误是难免的。当然，这并非因为大自然是不规则的、杂乱的，而是因为我们在计算时，对某些基本原理还不了解。我们所掌握的规律与一致性，只是局限于我们所观察的事物上。然而，很多看似矛盾其实却合乎自然的法则，我们还没找到，它们将体现出更为惊人的一致性。我们的特殊规律都源于我们的观点，如同在一个旅行家眼里，他每迈出一步，山峰的轮廓就要改变一些，尽管真实的形态只有一个，表象却有无穷多。就算撕裂它，凿穿它，也不能得见全貌。

根据我的观察,不仅湖的形态这样,在伦理学上也是成立的——这就是平均律。用两条直径来测量的方法,不仅指引我们观测宇宙中的太阳系,还指引我们观测人心,而且就一个人由独特的日常举动和生活潮势所组成的集合体的长、宽,我们也可以画这样两条线,直通他的凹处和入口。两条线的交点,就是他性情的最高或最深处。或许我们只要知道这人的湖岸特点和他周围的环境,就能了解他的胸际和内心的奥妙。假如在他四周群山环绕,湖岸山高峰险,由此窥探他的内心,他必定是个有相同高度的人;如果湖岸低缓,则表明此人在某些方面很浅薄。就我们的身体而言,前凸的额头,表明他有一定的思想深度。在我们每个凹处的入口处,也都有一个沙洲。也可以说,我们都有独特的倾向。每一个凹处,就是我们在某段时期内的港口,我们在那里待得很久,差不多被永远拘束在那里。这些倾向并不是荒诞的,岸上的岬角——也就是古代地势升高的轴线,决定了它们的形态、大小和方向。当这个沙洲被狂风暴雨、潮汐或急流逐渐加高,或者由于水位下降而使它露出水面时,刚开始只是湖岸的一个倾向,其中藏匿着思想,现在却独立成为一个湖泊,与海洋分离。在自己的思想成熟之后,它可能由咸水变成淡水,可能变成淡海、死海、沼泽。我们或许可以说,每一个降临到尘世的人,就是沙洲升到了水面上。果真如此,我们就是可悲的航海家,我们的思想总是虚幻的、渺茫的。在一个没有港口的海岸线上,最多和不乏诗意的河汉子有些交汇,否则就驶入公共港口,驶进科学这个乏味的码头。在那里,为以顺应世俗,他们拆卸重组,而使它们丧失了自己的独立性。

……

在寒冷的1月,冰雪仍然厚而坚硬,聪明的地主老爷们早把冰运回去,准备夏天制作冷饮了——在1月,就想到7月的酷热和饥渴,这种令人印象深刻的精明,似乎很可怜——毕竟,他现在穿着棉衣,戴着手套!何况有很多事情,他并没有做丝毫准备。比如,在这个世界上,他根本没有储备一种珍贵的、让他将来在另一个世界依然可以制作夏天冷饮的东西。冰很坚硬,他刨着、锯着,毁掉了鱼的卧室的房顶,然后用铁链把冰块连同寒气,像捆绑木材一样捆绑上,装上车子运走。在同样冰冷的气息中,运到冬天的地窖里,让它们在那里恭候酷暑的来临。它们被载过村子时,远远地看,就像凝固的蓝天。挖冰的人都十分快乐,像在逗趣和玩游戏。每次我来到他们身边,他们总是恳请我站在下面,帮他们上下拉锯冰的大锯。

……

瓦尔登的冰跟湖水一样,近看呈绿色,远望则呈现出美丽的蓝色,使你一下子就能把它同河上的白冰,或是那个四分之一英里外的湖上的浅绿的冰区分开来。偶尔,挖冰人的雪车上会滑落下一大块冰,它躺在村中的小路上达一星期之久,好像一块大翡翠,引起了所有来往行人的注意。我发现,瓦尔登湖的一部分水是绿的,而冻冰后,从同一个地点观望,它已变成了蓝色。因此,虽然在冬天,湖边的很多洼地上溢满了像它一样的绿色的水,而第二天,就发现它们结成了蓝色的冰。它们的蓝色,大概是光和空气使然,最透彻,最蓝。冰是最有意味的一个思考对象。他们对我说,有些冰,他们已经放在富莱喜湖的冰栈中五年了,仍然完好无损。为何一桶水时间长了会发霉,而冻结成冰以后,就永远澄明、美丽呢?大多人认为这无异于情感和理智的区别。

……

春　天

挖冰人的大肆挖掘，往往会使一个湖泊的冰提前融化。因为即便天气寒冷，水波被风吹动后，就能使它周围的冰块消融。然而这一年，瓦尔登却未受此干扰，因为原来的那层冰很快就被一层新结的厚冰取代了。它太厚了，加上底下没有泉水流过，上面的冰不能消融，因此，它不及附近湖泊的冰融化得那么早。除了1852年至1853年的冬季，我从未见过它在冬季爆裂，然而大多数湖泊都在那个冬季面临了这样严峻的考验。它解冻的时间通常在4月1日，比茀灵特湖或美港晚7到10天。从北岸和水浅的地方开始——那里也是最先冻结的地方。它比周围的任何水波更适合节令，准确地显示了季节的进程，甚至连气温的变化也影响不了它一丝一毫。如果3月里的天气有几天过分寒冷的话，就会使别的湖泊的解冻日延后，然而瓦尔登的温度却在连续升高。1847年3月6日，温度计插入瓦尔登湖心，显示32℉，或冰点，湖岸附近，为33℉；同1天，在茀灵特湖心，量得32.5℉；距离岸边12杆的浅水处，1英尺厚的冰下面，是36℉。茀灵特湖中，浅水处与深水处的温差是3.5℉，而实际上，这个湖中水占大部分，这也正是它比瓦尔登早解冻的原因。那时，最浅的水中的冰比湖心的冰还要薄几英寸。中冬，湖心的温度反倒最高，因为那里的冰最薄。同样地，在夏季，涉水的人都知道，湖岸附近，靠近湖沼的水温相对比较高，特别是水位才三四英寸高的地方，游到稍远的地方，深水的表面也比底层温度高很多。春天，太阳光除了把能量施展在温度日益升高的天空和大地上以外，还穿透至少1英尺厚的冰。于是，浅水处把热量反射到表层，使水波变热，冰的下部开始解冻。在上面，太阳光干脆直射冰层，使之融化。冰的温度失衡了，气泡凸起，上升又降下，最后形成了蜂窝，直到降下一场春雨，它们才消失。跟树木一样，冰也有纹路，一块冰不管它处在什么位置，如果它开始融化，或变成蜂窝，那么气泡和水面总是相连并成90°角。如果水下有一块突出的岩石或木材，上面的冰就会比较薄，常常被反射的热量融化掉。据说，在剑桥曾做过一个试验，在一个很浅的木制的湖沼中冻冰，让冷空气从下面经过，使它的上下部都受影响，而从水底反射的阳光的热量依然比这种影响大。中冬时节降下一场暖雨，瓦尔登湖上带雪的冰融化后，只有湖心处还残留着一块冰——黑而硬，但透亮，这就会出现一种腐化的但更厚的渍冰，至少一杆宽，湖岸处都是这样，这正是由反射的热量形成的。还有就是我曾说过的，冰中间的气泡好像凸透镜，使冰从下面开始融化。

湖上，每天都进行着四季的种种变化，只是范围有限。通常情况下，每天清晨，浅水比深水暖得快，可是终究程度不大；而每天傍晚，它的温度又降得最快，直到次日清晨。一天恰是一年的缩影。夜晚是冬季，清晨和黄昏是春季、秋季，中午则是夏季。天气的变化完全能从冰的破裂声和隆隆声显示出来。1850年2月24日，经过一夜的严寒后，在一个令人愉悦的清晨，我来到弗灵特湖打发时间，竟有一个意外的发现。我不过用斧头砍了一下冰，那声音就像敲锣打鼓似的，传播到几杆远的地方，似乎我敲响的是一只紧绷的鼓。太阳升起后一个小时左右，湖逐渐感到太阳从山上斜射而来的热量，发出了隆隆的响声。它伸展腰肢，打个呵欠，像刚从梦中醒来的人，隆隆声愈发响了，持续了三四个小时之久。中午是午休时间，但是接近黄昏时，太阳收回热量，隆隆声再次响起。通常情况下，湖每天黄昏时分都会准时点燃礼炮。中午，因为裂痕太多，而空气的弹力太小，所以它没能产生共鸣。那声音，鱼和麝鼠大概连听都没听到，更别提被惊呆了。渔民们说，鱼一旦听到"湖的雷鸣"，就会吓得不敢咬钩。湖不是每晚都打雷，我也不晓得何时才应该期盼。可是，尽管我没有从天气的变化中感觉到差异，有时雷声还是会响。谁想到这又大又冷又厚的事物，居然这么敏感？然

而，它是有规律的，它爆发雷鸣是想让众人顺服它，就像含苞欲放的花应该开放在春天里一样，繁赘的大地焕发出勃勃生机。最大的湖，对于天气的变化，也会像管柱中的水银那样反应灵敏。

　　我之所以去森林里居住，是因为我想多点儿空闲时间，也能亲眼看见春天的到来。最后，湖中的冰像蜂巢似的，踩上去，后脚跟就会陷进去。雪被雾、雨和温暖的太阳逐渐融化，你能明显感觉到白天变长了很多。我的燃料不用增加，就够过冬了，现在已经用不着把火生得太旺了。我聚精会神地恭候着春天的第一个讯息，侧耳倾听那些鸟雀往返时展示婉转的歌喉，以及身带条纹的松鼠的鸣叫——它的储备大概已所剩无几。我还想看土拨鼠是怎么从它们冬眠的地方走出来的。3月13日，青鸟、篱雀和红翼鸫的声音涌入耳畔。那时，冰还有一英尺厚。天气越来越暖和了，它不会再被水磨损，也不会像河里的冰那样漂浮。虽然岸边半杆宽的地方已经开化，可是湖心依然像蜂巢一样，饱和着水。六英寸深的时候，还可以用你的脚穿过去。然而第二天夜晚，也许经历了一场暖雨和相继而来的浓雾，它消失不见了，随雾一道跑掉，迅疾而神奇。有一年，那是我去湖心散步后的第五天，它就全部消失了。瓦尔登完全解冻的时间分别是：1845年，4月1日；1846年，3月25日；1847年，4月8日；1851年，3月28日；1852年，4月18日；1853年，3月23日；1854年，大约在4月7日。

　　生活在特殊气候中的我们，对于一切有关河和湖的变化以及春天来临的琐事，都兴致勃勃。当天气比较温暖的时候，那些住所临近河边的人，在夜晚能听到冰爆裂的声音，那种隆隆声大得惊人，犹如一具顶级大炮。似乎冰链全部断裂只需几天的工夫，它就融化尽了，好像鳄鱼拱出泥土震颤了大地一样。有一位严密观察大自然的老人，他对于大自然的所有变化都好像有充足的智慧，仿佛他小时候，大自然被放置在造船台上时，他曾帮着铸就龙骨一样。然而现在，他长大了，即便活到长寿老人玛土撒拉那样大的年龄，关于大自然的知识也不会有所增长了。他对我说，一个春日，他带着枪乘船而去，想跟野鸭展开一场较量——听他说起他自己惊讶于大自然的某种变幻时，我大吃一惊，因为我以为大自然在他眼里已不再神秘。那时，虽然草原上还有冰，可河里的冰已全部消融。他从萨德伯里顺势而下，到了美港湖时，看到那里残留着很多坚冰，很诧异于在那么暖和的天气里竟有这么多冰存留着。由于没发现野鸭，他把船藏在北部，其实只是湖中的一个小岛后面，自己在南岸的灌木丛中藏起来，等待野鸭的出现。在离岸三四杆的地方，已没有一点冰，湖水和暖，一点也不凉，湖水底却泥泞不堪，鸭子不就喜欢这样的地方吗？因此他断定，野鸭很快就会飞来了。他静静地趴在那里等待，大概一个小时后，他听到了一个似乎来自远处的深沉的声音，伟大得令人难忘，之前从未听到过，渐渐地升高、加强，似乎它会有一个令全宇宙人都震惊的尾声——温郁的碰撞声和吼叫声。他以为成群结队的飞禽飞来了，高兴得拿着枪跳了起来，然而他却看到了惊人的一幕，一大块冰，从他趴伏的时候开始向岸边移动，而他听到的声音就是冰撞击湖岸的粗浑的声音——刚开始时很温柔，慢慢地接触，迸碎，最后激烈起来，猛撞在了湖岸上，直到四溅的冰花从高空落下来，才趋于平静。

最终，太阳光垂直射下，雾和雨被吹散在风里，湖岸上的积雪也被消融。这时，太阳笑吟吟地望着一个褐色与白色交织的好似格子般的风景，而那焚香一样，袅袅升起的雾还萦绕着。旅行家从一个小岛找到去往另一个小岛的路，对一千道潺潺的溪流和涧泉的乐声着了迷，冬天的血液在它们的血管中畅通无阻，慢慢流逝。

最令我感到愉悦的事情，莫过于观察解冻的泥沙流下铁路线的深沟陡坡的形态。我每次步行到村中，都从那里经过，这种状态能呈现出如此巨大的规模，十分罕见。

尽管从各处兴建铁路以来，这种适宜的材料在很多后来暴露在外的铁路路基上司空见惯，那些粗细有致、颜色各异的细沙通常也包括一些泥土。当春天里重现霜冻，或者冬天冰雪即将融化的时候，沙子就开始从陡坡流下，好像火山熔岩，甚至会穿透积雪，在那些从未有过沙子的地方无止地累积。这样的小溪流有很多很多，它们叠加、交叉，形成了一种混合物，一部分顺从流水的规律，另一部分顺从植物的规律。因为它流下来的时候，形态像植物抽芽长叶或藤蔓滋生，就像一齐喷射着软浆一样，有时深达1英尺或超过1英尺。你看的时候，它们的形状好像一些苔藓的条裂的、有裂片的、叠盖的叶状体，也许你会联想到珊瑚、豹掌、鸟爪，或者人脑、肺脏，以及任何一种分泌。这种繁育太神奇了，它们的形状和色泽，也许我们在青铜器上见过仿效的，然而这种建筑学的枝叶花簇的装饰比古代的莨苕叶、菊苣、常春藤，以及其他所有植物的叶片更古色古香，独具特征。说不定未来的地质学家在某种情况下，也会对此大惑不解。我对整个深沟印象深刻，好像打开山洞后将钟乳石暴露在苍穹下。沙子的颜色五彩缤纷，悦人眼目，包含了铁的棕、灰、黄、红等不同颜色。细沙流到路基下的排水沟里时，会平铺为浅滩，各种溪流已失去了它们的半圆柱形，趋于平坦而宽广了。假如再湿润一些，它们就会更加融合，直至形成一个平坦无阻的沙地，却仍旧保留着变化万千的漂亮的颜色，你甚至能从中看出原来的植物形态。最终流进水里，形成在某些河口上所看见的沙岸时，才彻底没了植物的形态，而成了沟底的波纹，粼粼而动。

　　整个铁路的路基高20到40英尺，时而被这些枝叶繁茂、花簇靓丽的装饰掩盖，也可以说是细沙的裂痕布满它的一面或者两面，达四分之一英里长，这可谓是春天的杰作。让人惊异的是，这些泥沙的枝枝蔓蔓，在瞬间即可形成。我站在路基的一面，由

于这里最先接受太阳的照射，因此这个斜面死气沉沉；而我却在另一面上看到了绝美的枝蔓，仅仅一个小时它就被创造出来，我如何不被震撼？似乎从某种特殊的意义上来说，我所站立的地方是一个伟大艺术家的画室——他在此创造了世界和自己。他赶往另一个地方，继续工作，在路基上玩闹起来，精力充沛的他在所到之处随手画下了这些新奇的图案。我似乎越来越靠近地球的内脏了，因为流沙呈现出叶的形态，像极了动物的肺脏。你会在这沙地上看到叶子的形态。怪不得大地外在表现为叶子形状，原来是它在内部劳作时也接受这个意念的支配。原子已经掌握了这个规律，并孕育其中。高挂枝头的叶子在这里显出了原形。不论是在地球内部还是动物的体内，都有润泽、肥厚的叶子，这个词尤其适合于肝、肺和脂肪叶〔它的字源，Labor, Lapsus, 是漂流，向下流，或逝去的意思；Globus, 是Lobe（叶）, Globe（地球）的意思；更可以化出Lap（叠盖），Flap（扁宽之悬垂物）和许多别的字〕，而在外表，一片干枯的、瘦弱的Leaf（叶子），就连F音或V音，都是一个压缩了的枯燥的B音。叶片Lobe的辅音是LB，因为有了流音L的衬托，B音（单叶片的，B是双叶片的）也变得温和了。在地球Globe一词的GLB中，喉音G依靠喉部的力量赋予字面更深的意义。鸟雀的羽毛也是叶片形状的，只是更干枯，更薄弱些。于是，你能从大地上笨拙的蛴螬看到活跃的、飘逸飞舞的蝴蝶。我们的地球变化莫测，时时自我超越，在它的轨道上扇动着羽翼。甚至可以说，冰是精美的晶体叶子，它仿佛在某种模型里被刻印出来的，而印在湖面上的水草叶子就是它的模型。一整棵树，其实只是一片叶子，河流是更大的叶子，河流中央的土地是叶质，而乡村和城市则是叶腋上的虫卵。

太阳西落时，沙静止了流动，直到黎明时，才重新流动起来，并分化成亿万道小支流。从中，你大概能了解血管的构成。假如你认真观察就会发现，那溶解体中，最初是一道柔软的沙流，前端好似一个水滴，像圆圆的手指肚，缓缓而漫无目的地探着路。当太阳越升越高时，它的热量和水分才得以增加，那流质的大部分是为了服从规律——那是连最滞缓的部分也必须服从的规律。它跟后者分离了，特立独行，形成一道弯曲的渠道或血管，好似银色的河川，像闪电闪着光，从一段枝叶状的泥沙上闪到另一边，时不时地被细沙吞噬。奇妙的是，细沙流速极快，同时又不忘把自己打点得恰到好处，它用最棒的材料构成了渠道的两边，这就是河流源源不断的原因。骨骼系统大概就是由水和硅组成的，而我们的肌肉纤维或纤维细胞，就是在更细致的泥土和有机化合物上形成的。人其实就是一摊溶解的泥土，人的手脚的顶端就是一滴凝固的水滴。手指和脚趾从身体的溶解体中流出，流到了各自的终极。假如环境更富生机，很难预料人的身体会扩展到何种程度！手掌，就像一张伸展开的棕榈叶，布满叶脉；耳朵，可以假想为一种苔藓，学名Umbilicaria，在头的两侧悬挂着，有好似叶片的耳垂或者水滴；唇，源自Labium，可能是从Labor（劳动）衍生出来的，叠着悬挂在口腔的上边和下边；鼻子，很显然是一个凝聚了的水滴或钟乳石；下巴则是更大的一个大水滴——这里汇合了整个脸庞的水滴;脸庞是一个斜坡,从眉毛向下倾斜,散布在颧骨上。每个草叶也是或大或小的水滴,它们浓厚而缓慢地流着。叶片就是叶的手指,叶片的多少,表明了它会流向多少个方向。假如它拥有更多的热量或者别的能帮助它成长的力量,它就会流向更远处。

如此看来,大自然中所有活动的准则已在这个"小斜坡"上被图解,地球的创造者只以一个叶子的形式做专利。有哪个能为我们解释这象形文字的含义,而使我们最终翻过这一页吗?这个现象比一个富饶的葡萄园更让我感到惊喜。果真如此,这在本质上是分泌,而肝、肺、肠,则无穷之多,好像把大地的内部掏出来了。然而,这至少证明大自然是有内脏的,它是人类的母亲。这霜来自地下,这是春天。像神话早于正式的诗歌般,它早于青青的春天,早于百花争艳的春天。我认为再没有什么更能驱散冬天的雾气,医治它的消化不良了。它让我坚信,当大地还在摇篮中时,还在四处扩张着它婴儿的手指,在光秃秃的额头上长出了新头发。世界上不存在无机的物体。路基上的叶状图,好像是锅炉中融化的渣滓,证明大自然的内部"火正烧得旺"。大地不只是已经死去的历史的某个片段,地层的层序格架,还像一本书的书页层叠,主要由地质学家和考古学家去钻研。大地是一首生动的诗歌,像一棵树的枝叶,早于花和果——地球不是化石,而是生机盎然。与它相比,所有动植物都在这个崇高的中心生命上存活。它的猛烈一震能把我们的尸骸暴露在它们的坟墓里。你能熔化你的金属,竭尽所能铸造出最完美的体态，然而令我欣喜的却仍旧是这些由这大地的溶液构成的图案。它，以及一切制度，都像陶器工人手里的黏土，是可以被改变和塑造的。

不只是这些湖岸，就连每个小山、平原和洞穴中，也很快就染上了从地下出来的霜，像一个从冬眠中苏醒的四足动物，伴着音乐声寻觅海洋，或者要搬迁到云中的别处去。循循善诱的融雪的力量比挥舞锤子的雷神更大，前者是溶解，而后者却要把它锤得零零碎碎。

大地上个别地方的积雪已经融化，连续几日晴好的天气烘干了湿润的表面，这时最令人心旷神怡的事，就是比较新生之年的婴儿期中各种新生的柔和的现象，和那些煎熬了一个寒冬的衰老植物的崇高美——这时，长生草、黄色紫菀、针刺草以及其他高贵的野草，总是比它们在夏天时更鲜美，更富有韵味，似乎经过了严冬的考验，它们的美更成熟了。就连棉花草、猫尾草、毛蕊花、狗尾草、绣线草、草原细草，以及别的草茎粗壮的植物，都是早春飞鸟享用不尽的谷仓——杂草至少要有模有样，它们装点了大自然的冬季。羊毛草的顶部呈拱形，犹如禾把，尤其引起了我的兴趣。它把夏天带进我们有关冬季的记忆里，这是艺术家最喜欢描画的形状。而

且在植物的世界里，它的形态与人内心特征的关系，相当于星象学与人心智的关系。它的风格比希腊语或埃及语更古典。很多冬天的现象恰恰象征了难以言表的温柔，柔弱而精美。人们总爱把冬天比喻成一个蛮横鲁莽的暴君，而实际上，它正像情人似的轻手轻脚地为夏天打造鬈发呢。

春天的脚步近了，赤松鼠成双成对地来到了我的屋子下。每当我静坐看书或写作的时候，它们就在我脚下，时不时地发出怪异的"叽叽咕咕"的声音，或者嘶鸣吼叫起来。如果我踹几脚，叫声就更加响了，似乎它们的捣乱已经近乎癫狂，以至于完全超越了自身的恐惧——对人类的勒令都视若无睹了。停止"叽喀里－叽喀里"的叫声吧！可它们全然不顾我的训斥，不但没意识到我已勃然大怒，还放开喉咙大声叫骂起来，我束手无策了。

春天里的第一只麻雀！在从未有过的如此年轻的希冀中，这一年开始了！起初，从还未完全绿透的、有些湿润的田野上传来的低缓的啁啾声，是青鸟、篱雀和红翼鸫发出的，就像冬日里最后的雪花叮叮当当地落在地上。此时，所有具启发意义的文字、历史、编年纪、传说都逊色了！小溪为春天唱起了赞美诗和四部曲；沼泽地上的鹰隼在草地上空低低掠过，早早地就开始觅食刚苏醒的弱小生物了；在任何山谷中，都能听到雪融化的滴滴答答声，湖上的冰也在迅速消融；小草仿佛是在山腰上燃起的春火——"Et primitus oritur herba imbribus primoribus evo-cata,"——好像是大地为恭迎太阳的到来而专门奉上的一份内在的温热；火焰不是黄色，而是绿色——

象征着永远的青春。那草叶,好似一条长长的绿丝带,飘曳着,从草地走向夏天。虽然霜雪阻止过它,可它很快就重新前进了,挺起去年的干枯的长茎,让新生命从下面萌发。它像从地下汩汩冒出的小泉水,和小溪几乎融为一体了。六月小溪就已经干枯,草叶便成了它的小路。历经很多年代,牛羊在这常青的绿色溪流上喝水;时候到了,割草的人就会把它们割回去以供冬日取暖之用。即便人类的生命绝灭了,根也会长存——因为根上依然能萌发绿叶,永无停歇!

很快,瓦尔登湖上的冰就消融了。在北边和西边有一条宽两杆的运河,流到了更阔的远处。大部分冰破裂了,从整体上分离出来。岸上的灌木丛中,有一只篱雀在歌唱,我听到了——欧利、欧利、欧利——吉泼、吉泼、吉泼、诧、却尔——诧、维斯、维斯、维斯。它好像在帮助冰块爆裂。冰块边缘那巨大的曲线,是那么洒脱,虽或多或少地与湖岸呼应,但是更有规则!它的坚硬程度超乎想象,因为不久前刚经历了一个短促的寒冷期,冰上有了层层波纹,活像皇宫的地板。然而,风从它那并不透明的表面吹过,向东吹去,直到把远处的湖水吹起波纹。看这湖水犹如缎带般,在阳光下波光粼粼,绚烂无比,湖的面庞上洋溢快乐和青春,似乎说明了游鱼的欢乐和岸边细沙的欢愉。这是银色的鲦鱼鱼鳞上的光芒,整个湖好似一条活蹦乱跳的鱼。这就是冬与春的差别。瓦尔登复活了!但是我说过的,湖在这个春天融化得更泰然自若了。

天气由冬季的狂风暴雪,变换为温暖明媚;时辰也由黯淡而滞缓,变换为明亮而充裕。这种转变对所有事物来说,都是那么重大和值得纪念。最终，它似乎从天而降。我的房间忽然明亮起来，尽管那时接近傍晚，天空布满了冬天的阴云；雨雪过后，屋檐上的水珠正滴滴答答地落下。我从窗口遥望，看啊，那个地方昨天还灰暗、寒冷，承载着湖的透亮的晶体，已然像夏日的黄昏那样静谧，充满希望了。它的胸际映现出夏日的夕阳，尽管天空上还没有这样的云彩，可它仍像和高高的天空心有灵犀。我听到远处有一只知更鸟在叫，我感觉自己已经几千年没有听到过了——尽管它的声音即便再过几千年我也记忆犹新——它的歌声仍像从前那样甜美、有力。这知更鸟啊，在新英格兰夏日的傍晚，我多想找到它栖息的枝头！我说的是那枝头，这至少不是Turdus migrato-rius。很久以来，我房子四周的苍松和矮橡树都无精打采的，但一下子也充满了活力，看上去更光鲜，更青翠，更挺立，更朝气蓬勃了！好像雨水的洗涤发挥了效果，使它苏醒了一般。我明白，是不会再下雨的了。看看森林中的那些树枝，不，是那堆燃料，你就能断定冬天是否过

去了。渐渐地，天黑了，飞鹅的鸣叫声惊动了我，它们低低地掠过树林，好像疲惫的旅行家，从南方的湖上飞来，赶到时已经晚了，于是互相诉苦，互相慰藉。我站在门口，就能听到它们拍打翅膀的声音；而它们飞向我屋子的方向时，看到灯火后，嘈杂的叫声顿时消失了。它们旋转着飞走了，在湖上停下来。我于是回到屋里，关上门，我的第一个春宵就这样在森林中度过。

清晨，我遥望雾霭中的飞鹅，它们数目繁多，杂乱无章，在50杆开外的湖心畅游，而瓦尔登湖则似乎成了专供它们戏耍的人造池。然而，我刚站到湖岸上，它们的首领就发出了信号，紧接着所有的飞鹅拍打着翅膀起飞了。它们排成一队，在我头上盘桓，总共29只，直奔加拿大。它们的首领每隔一定的时间就发出一声鸣叫，好像指示它们去污浊的湖中吃早餐。与此同时，一大群野鸭飞来了，跟随着吵嚷的飞鹅向北飞去。

有一个星期，我在雾霭沉沉的清晨听到掉队的孤鹅在盘旋、探索、哀叫，找寻伙伴。那声响，似乎超越它所能承载的极限。四月，鸽子出现了，一小队一小队急速飞过。在合适的时候，我会听到燕子在森林的空地上吱吱叫，尽管我知道在乡镇里，飞燕并不是数目繁多，以至于我可以在这里拥有一两只。可是，我认为这种燕子大概是古燕的后代，它们早在白人到来前就在这里的树洞定居。乌龟和青蛙差不多在所有的地方都是这一季节的先驱和信使。鸟雀边飞边唱，抖动着羽毛；植物拔地而起，花朵盛开，柔风轻拂，调节了两极的摇摆不当，维持生态平衡。

  我以为,每个季节对于我们而言都各有精妙之处;而春天的到来,仿佛初开混沌,始定乾坤,重现了黄金时代。

   "Eurus ad Auroram Nabathaeaque regna recessit,
   "Persldaque, et radiis juga subdita matutinis。"
   "东风隐退到曙光和拿巴沙王国,
   波斯和位于清晨的光辉之下的山坡上。
   人出现了。到底是造物主,
   为使世界更加美好,而用神的种子创造了人;
   还是为了大地,才刚刚从遥远的太空降落,
   以保留一些天上的同类族亲。"

  下过一阵春雨后,草越发青了。我们的展望何尝不是这样?当注入了更好的思想,它就更加光亮。我们有福了,假如我们总是活在当下,对发生的所有事情都能运用自如,就像青草认定一滴露水即便很小也能给它影响一样。不要为错失良机而慨叹,把时间浪费在抱怨声中,却以为那是我们应尽的职责。春天已经来了,我们却还在冬天驻足。一个春天的清晨是那么欢快,人类所有的罪恶都得到了宽恕,罪恶在一天得到消除。如此温柔、和煦的阳光,会让恶人也幡然悔悟。当我们自己变得圣洁了,会感觉周围的人也圣洁了。或许在昨天,你还把某个邻人当成盗贼、醉鬼或色鬼,不是认为他可悲,就是认为他可恶,你对这个世界也十分消极。然而,太阳明亮而温暖,在这个春天的第一个清晨,宇宙被重新创造了,你看到他正做着一件崇高的事,看到他那颓丧而荒淫的血管中,快乐正在安静地膨胀,在为这个新日子祝福、像婴儿一样纯真地感受春天的影响时,你忽然忘记了他所有的罪恶。

  他不但浑身散发着善意,一股纯洁的风也萦绕着他,或许像增加了一项新本领那样,正茫然而徒劳地寻找机会展现。刹那间,任何低俗的笑声都不会在朝向阳光的南坡上回响。在他那虬结盘曲的树上,你发现有很多等待萌生的圣洁嫩芽,跃跃欲试,想感受这一年的新生活,而它们是那么温柔、鲜嫩,好似一棵小树。或者,他已经融入了上帝的喜悦中间。狱吏为何不打开牢狱的门?审判官为何不放下手上的案件?布道家为何不让会众离开?这不仅因为这些人违背了上帝的指令,还因为对于上帝对所有人的宽赦,他们不肯接受。

  ……

    黄金时代初创时,世无复仇者,
    没有法律而自动信守忠诚和正直,

没有刑名，没有恐惧，从来也没有。

恐吓文字没铸在黄铜上高高挂起，
乞援者也不焦虑审判者口头的话，
一切都平安，世无复仇者。
高山上还没有松树被砍伐下来，
水波可以流向一个异国的世界，
人类除了自己的海岸不知有其他。
春光永不消逝，徐风温馨吹拂，
抚育那不须播种自然生长的花朵。

4月29日，我到九亩角桥附近的河岸钓鱼，站在随风而动的草和柳树的根上，一些麝鼠也藏在那里。忽然，我听到了一种奇怪的叫声，那声音有点像小孩子用手指玩弄木棒的声音。我抬头看到了一只小而美丽的鹰，有点像夜鹰，一会儿如水花般盘旋而飞，一会儿一个筋斗下降一两杆，如此轮换着。在阳光下，它羽翼下面暴露出来，如一条缎带般闪耀，也像一只贝壳里层的珠光。此景令我想起了放鹰捕禽的技术，那是一项曾引起多么高尚感觉的兴致，并被无数诗篇赞美过的运动啊！这似乎可以称为鱼隼，名字无关紧要。但这是我看到过的飞翔里最敏捷的一次。它不像蝴蝶那样轻舞，也不像较大的鸷鹰那样直上云霄，它在高空自豪而信心满满地嬉闹，发出怪异的咯咯声。越飞越高，于是再度放肆而优雅地降下，像鸢鸟般连续翻转。忽然，它从自高而下的翻腾中清醒过来，似乎它根本不想降落到大地上。看来，它在天空中不与鸷鸟为群——在那里，它单独玩耍，除了空气和清晨之外，它好像连一起玩耍的伙伴也不需要。它并不孤独，与它相比，大地却显得孤独得很。抚育它的母亲、它的伴侣以及它的父亲都在哪里呢？它生在天空，似乎与大地之间唯一的关系，就是曾经是一个蛋，某个时候在险峻山岩的缝隙中被孵化出来。云中的一角难道是它故乡的巢穴？以彩虹为边，用夕阳建造，周围萦绕着一阵从地面泛起的仲夏的雾霭？它的巢穴在悬岩般的云层中。

另外，我竟捕捉到了一堆珍贵的杯形鱼，它们闪着金色和银色的光芒，活像一堆宝石。我在很多个早春的清晨走进这些草地，跑过一个又一个山坡，走过一个又一个柳树的根。当时，狂野的河谷和森林都被这纯洁、灿烂的光芒笼罩了。假如死人真像人们所想象的那样——只不过在坟墓中睡觉，那么，他们就可能被唤醒，不需要更充分的证据来证明不朽了！万事万物都必须在这样的光辉下生存。死亡，哪儿是你的针蜇？坟墓，你又如何胜利？

假如村庄没有那些未经探测的森林和草原围绕，我们在乡村的生活会如何迟滞？我们需要旷野给予养分——有时，在山鸡和鹭鸶躲藏的沼泽地行走，听着鹬声，时而闻闻低语的菅草，只有那些更野性、更孤单的鸟在那里筑巢，而貂鼠肚皮擦着地爬来了。在我们兴致勃勃地观察并发现万事万物的时候，我们希望一切事物都神妙莫测，无从勘察，希望大地和海洋永远野性未脱——不仅未被探查，也没人探查过——因为它们根本无法测探。我们不仅不会厌烦大自然，相反，还务必从精力永不枯竭的、庞大的巨神般的形象中得到启发，务必从海岸和岸边的残碎的舟骸中，从原野和它的或生机勃勃或腐化凋零的林木中,从雷电以及持续了3个星期以致造成水灾的雨中,从所有一切中,得到灵魂的启发。我们应该了解自我突破的极限,应该在那些我们从未停留过的牧场自在地生活。当我们看到鸷鹰吃掉那令我们恶心和懊恼的腐烂的尸体时,我们兴奋无比——这能让它们更健康,更富活力。在我返回木屋的路上,一个洞穴里有匹死马,因此我不得不绕路行走,尤其夜晚空气沉闷的时候。然而,它令我坚信大自然的胃口强大以及健康的至高无上——这让我感到了一丝欣慰。我喜欢看大自然中的生物,能经受无数生灵互相厮杀而牺牲的痛苦。弱小的,会像软浆一样被澄清,被榨掉——蝌蚪被苍鹭一口吞噬;在路上,乌龟和蛤蟆命丧车轮之下,有时血肉横飞,像雨点般掉落!既然不测总是这么容易就发生,那么我们必须清楚,不必耿耿于怀。在一个智者的眼里,世间万物都是无知的。毒药其实未必有毒,受伤也未必会死。怜悯之心并不可靠,它转瞬即逝,表达怜悯的方式也不能固定不变。

5月初,湖边松林中的橡树、山核桃树、枫树和其他的树才

发芽长叶，给风景增加了一道像阳光般耀眼的光芒。尤其是阴云密布的天气里，太阳似乎拨开云雾轻微地照射着小山。5月3日或4日，我看到湖中有只潜水鸟。5月的第一个星期，我听到了夜鹰、棕色的鸫鸟、画眉、小鹩、雀子和别的飞禽的声音。林中画眉的声音我很早就听到了，鹩鸟又到我的门窗上左顾右盼，似乎在考察我这座木屋能否做它的巢。它停在半空，急促地拍打着翅膀，爪子紧抓着，好像这样就能抓住空气似的，认认真真地观察着我的房子。湖面、圆石，以及沿湖的那些朽木，很快就被苍松的硫黄色的花粉覆盖了，你也可以拿桶来装上满满一桶。我们曾听说过的"硫黄雨"，就是这个了。或者，我们在迦梨陀娑的剧本《沙恭达罗》中就曾经读到："小河被莲花的金粉染黄了。"季节就这样更替。到了夏季，你会在更长更高的丰茂的草中穿行。

这就是我在森林中的第一年的全部生活，第二年差不多也是这样。直至1847年9月6日，我告别了瓦尔登。

结束语

　　如果你得了病，医生最明智的办法是劝你换个地方，呼吸呼吸新空气。值得庆幸的是，世界不只有这一小块地方。在新英格兰，没有七叶树，也很少听到模仿鸟。跟我们相比，野鹅的生活更国际化：它们在加拿大吃早餐，在俄亥俄州吃午餐，夜晚则到南方的河湾梳理羽毛。就连野牛也紧紧跟随时令、节气，一直在科罗拉多牧场上吃草，直到黄石公园里又生长出更青更甜美的草可吃。可我们人类却以为，假如把栏杆和篱笆都拆掉，在田园四周垒上石墙，生活才有了范围，命运也才能从此安稳。假如你被任命为市镇的办事员，今年夏天就不能去火地岛旅行了，或许你能到地狱的火海里去。啊，宇宙远比我们所看到要大！

　　不过，我们应该时常像好奇的旅行家一样在船尾观看沿途的风光，不该一边旅行，一边像个蠢笨的水手，只管埋头撕麻絮。其实住在地球另一面的，也是与我们通信的居民，我们的旅行只是绕了一个圈子。而医生的药方，也只能治好你的皮肤病而已。有人跑到南非洲去捕捉长颈鹿，他太不应该追捕这种动物了——一个人能有多少时间追捕长颈鹿呢?猎鹬鸟追逐土拨鼠这种游戏也很少见。我以为,枪毙自己这项运动才最伟大——

"开始注视你自己的内心吧,
你会发现你的心里有一千处从没发现的地方。
那么,去旅行吧,当一个家庭宇宙志的地理专家。"

非洲指的是什么,西方又是什么意思?它们在我们心里的地图上是一片空白吗?如果它被发现,也是像海岸一样黑黑的吗?我们是要去寻找尼罗河、尼日尔河、密西西比河中哪一个的源头,或者大陆上的西北走廊吗?这些问题难道跟人类最密切相关吗?是不是因为北极探险家中富兰克林爵士是世界上唯一失踪的人,所以他的太太才如此急切地寻找他?格林奈尔先生知道自己身在何处吗?成为门戈·派克、刘易士、克拉克和弗罗比秀一类的人,去勘测你自

己的江海湖泊，去探测你自己更高的纬度吧——如果需要，你可以在船上装满肉罐头来维持生命，还可以把空罐头堆得耸入云霄，当作一种标志。肉罐头的发明不会只是为了贮藏肉类吧？你得学习哥伦布，去探索自己内心新的大陆和世界，开辟海峡，而这不是为了做生意，只是为了沟通思想。每个人都主宰着自己的世界，就连沙皇帝国与此相比，也不过是最小的蕞尔小国，甚至是大千世界中的一粒尘埃。可是，有的人却不懂得自我尊重，大谈爱国；仅仅为一小部分人，就牺牲大多数人。他们对于自己终究会葬身于此的土地充满爱，而对于充实他们躯壳的灵魂却置之不理。他们不过是空谈爱国罢了。南海探险队代表什么？场面宏大，耗资巨多，那不过间接反映了这样一个事实：尽管精神领域中的海洋和大陆多的是，其中的每一个人都只是一个半岛或岛屿，可他不去探险，只坐在政府救济给他的那只大船上，驶过几千里的严寒、狂风暴雪和吃人生番之地，被500名水手和仆人侍奉着。他认为这远比去内心的海洋上探险和孤身一人去大西洋或太平洋上探险，舒适得多。

"Erret, et extremos alter scrutetur Iberos。

Plus habet hic vitae, plus habet ille viae."

"让他们去航行，考察异域的澳大利亚人，

上帝给予我很多，他们得到了更多的路。"

环游世界，跑到桑给巴尔去点数老虎的数目，毫无意义。可是因为没有别的更有意义的事可做，这几乎还是最有意义的事。或许你能找到"薛美斯的洞",从那里抵达你自己的内心。英国、法国、西班牙、葡萄牙、黄金海岸以及奴隶海岸,都通往内心的江河。虽然从哪里启航都能直接到达印度,又有哪条船勇于驶出港口,到茫茫无际的内心之海上航行呢?虽然所有的方言你都会说,也适应了所有的习俗;虽然你比所有的旅行家航行得更远,习惯了任何一种气候和水土,甚至斯芬克斯也被你气得撞死在岩石上,但你仍然遵从古代哲学家的那句"去你的内心深处探险"。那么,你才真正有远见,有头脑。只有败将和逃兵才能走上这个战场,只有胆小鬼和逃亡者才能在这里入伍。马上开始探险吧,踏上最远的西方之路——这个探险并不局限于密西西比或太平洋,也不是非到古老的中国或日本去。这是一往无前的探险,仿佛一条经过大地的切线,不管冬还是夏,白天还是黑夜,日落还是月缺,都能进行精神领域的探险,一直探到地球最终消失的地方。

听说米拉波曾在大路上尝试过一次拦路抢劫,"检验一下,真正触犯社会最崇高的法律究竟需要多大的决心"。后来,他宣布"冲锋陷阵的士兵所需要的勇气只相当于拦路抢劫的一半",还声称"一个慎重而坚定的决心是不会被名誉和宗教所摧毁的"。米拉波堪称是这个世界上真正的男子汉。但即便他并不真是盗贼,那也无趣得很。一个较为理智的人会发现自己其实已经无数次"真正触犯"了"社会最崇高的法律",因为他以一些更为崇高的法律为准绳。即便他不这么做,他的决心也已经得到了证明。实际上,他对社会大可不必持这样的态度,他只需保持最初的态度——只依从他自己的法则。那么，假如他所生活的社会的政府是公正的，他这么做也并不会与它冲突。

我离开森林和进入森林一样，都有充分的理由。我认为我或许还可以过另外几个生命，因此不必在这一种生命上花费太多的时间。然而令人震惊的是，我们总是轻易稀里糊涂地适应了一种生活，并走出一条固定的轨迹。在那里还没住上一个星期，我的脚就踩出了一条从门口通向湖滨的小路。不知不觉中，已经五六年了，可小路仍在。我想，或许因为别人也走这条小路，所以它还在通行。因为大地的表面如此松软，因此留下了人的足迹。相同的是，心灵之旅也会留下痕迹。想想看，世界上的公路是怎么被践踏得尘土飞扬，传统与习惯又形成了多么深的印痕！我宁可站在世界的桅杆前和甲板上，也不愿坐到船舱里，因为从这里我才能更清楚地看到群峰中的明月。我再也不想去舱底了。

我至少从实验中明白：如果一个人能信心满满地朝着他的理想奋进，全力经营他所希冀的生活，他能够出乎意料地获得成功。他将会跨越一条无形的界线，并抛弃所有的事物；他将被更新、更宏大、更自由的规律围绕，同时内心也会将其建立起来；或者就是原来的规律扩大，在更自由的层面升华为对他更有利的新意义，他将拿到事物的更高级的秩序中生存的许可证。他的生活越简单，宇宙的规律也就越显得简单，孤独将不再是孤独，贫穷将不再是贫穷，懦弱也将不再是懦弱。假如你建造了空中楼阁，你不会徒劳，楼阁应该建在空中，只是要把基础打在地上。

英国和美国提出的要求真是怪诞而可笑，要求你不能说他们理解不了的话。生命与毒菌的生长从不听从命令，你却十分看重这个。似乎除了他们，就没有能够理解你的人了。似乎大自然只赞同这种理解力，它能养活四足动物却不能养活鸟雀，能养活走兽却不能养活飞禽，似乎小声、沉默或站住呼喊才是最易理解的英语，连勃莱特也能明白。好像愚钝反倒能永远安全！我担心我表达得不够过火，我怕我所表达的因为局限在自己狭小的经验范围内，而不能与我所认同的真理相适应！过火，这要看你身处哪种境地。水牛流浪到另一个纬度去寻找新牧场，哪里有奶牛在喂奶时踢倒铅桶、跨越牛栏而跑到小牛身边更过火呢？我多想在不受约束的地方讲话啊！就像理智的人与理智的人对话。我认为要为真正的表达建立一个基础，我一点也不过火。有谁聆听了一段音乐后就担心自己从此以后会说话过火吗？为了将来以及可能发生的事，我们不应该生活得太紧张。表面上低调些，外在形态也模糊些，好像我们的影子，即便面对太阳也会不由自主地挥汗如雨。我们的真实语言容易被蒸发，而残留下一些毫无用处的语言。它们的真实是无时无刻不在变化的，唯一保留着的是它的文字形式。用以表达我们的信心和忠诚的文字是不确定的，只对杰出的人，它们才有价值，像乳香般馨香。

　　我们为何总是把自己的智力降低到愚蠢的地步而又称赞它是常理呢？最简单的常理是熟睡的人从鼾声中表达出来的意识。我们总是把聪明一时的人和愚蠢的人视为一类，因为我们只能赏识他们聪明中的一小部分。有人偶尔早起一次,就对清晨的红霞吹毛求疵。我还听说过,"他们对卡比尔的诗做出了4种解释,包括幻觉、精神、智力和吠陀经典的常规教义"。但是,如果我们中有人为某个作品做多种理解,就会遭人谴责了。英国为什么全力防止土豆的溃烂却不全力医治脑子的溃烂呢?脑子的溃烂才是范围最广、危险程度最大的啊!

我不是说自己更高深了。但是,如果从我的这些文字间挑出来的严重缺陷不比从瓦尔登湖的冰上找出来的更多,我会很自豪。南方的冰商厌恶它的蓝色,好像那是泥浆似的,实际上这正表明了它的洁净。他们喜欢剑桥的水,那水虽然是白色,却有浓浓的草腥味。人们喜爱的圣洁是笼罩着大地的雾霭,而不是头上那湛蓝的天。

有人说我们美国人或一般的近代人跟古人,甚至跟伊丽莎白时代的人相比,都是愚蠢的。为什么这么说?难道一只活狗不比一头

死狮子强吗？一个愚蠢的人就该死掉吗？他何不做蠢人中最聪明的一个？每个人都应该管理好自己的事，担负起自己的责任和义务。

为何我们如此急功近利做着如此荒谬的事？假如一个人没有跟上伙伴们的步伐，那大概是因为他听到了另外的音乐节拍。不论拍子如何，以及他是否要走很远，都让他依此迈步吧。他应不应该迅速成熟，像一棵苹果树或者橡树那样，这并不重要。他应该把他的春天变成夏天吗？如果条件尚未成熟，不能实现我们所希望的，那我们用来替代的一切现实又算得上什么？我们的船不能撞翻在一个虚幻的现实上，我们是不是应该努力在头上建造一个蓝玻璃船的天空？尽管建造完我们还会像从未建造过一样，依然遥望那无比遥远而真实的天空。

柯洛城有一个力求完美的艺术家。有一天，他想做根手杖。他想，只要掺杂进时间就无法成就完美的艺术品，一切完美的艺术品都是没有时间因素的。因此，他喃喃自语：即便我一辈子都不能做别的事，也要把它做得至善至美。于是，他马上去森林里寻找木料，决心找到合适的中意的材料。他寻找着，抛弃了一根又一根不适用的材料，他的伙伴们纷纷离他而去——原来是他们工作到老而死去了。可他呢，一点没老。他全心全意，执着又忠诚无比，这一切竟意外地令他青春永驻。因为他从不对时间让步，时间就在一旁唉声叹气，无计可施。他尚未找到一个合适的材料，柯洛城已变成古老的废墟。于是他坐在废墟上，开始剥一根树枝的皮。还没等他造出什么形状，坎达哈朝代就结束了。他在沙地上用手杖的尖端写完那个民族最后一个人的名字后，继续工作。当他把手杖磨光时，北极星已经不是卡尔伯了。他的杖头还没装饰金箍和宝石，梵天却已经睡醒几次了。我说这些是为什么呢？当他制作完成，手杖忽然变得光彩夺目，成了梵天所创造的世界中最完美的作品，与此同时，一个新制度、一个美好而比例适宜的新世界，也在他制作手杖的过程中应运而生。其中，古代古城虽然已经消逝，但新的更荣耀的时代和城市却已崛起。而现在，他看见堆在脚下的木屑仍然新鲜。对于他和他的艺术，所谓的时间的消逝只是一种假象，时间根本就没有溜走，就像梵天脑海中闪过的思想，立刻使几个人脑中的火绒被点燃了一样。材料圣洁，他的艺术圣洁，结果当然神奇。

　　我们赋予事物的一切外貌，最终都没有哪个能像真理对我们这

么有益，只有真理是永不凋敝的。总体来看，我们并不是真正地存在于这里，这不过是个虚空的位置而已。只因为我们本性软弱，就假设了一类情况，把自己放进去，这时就出现了两种情况，我们要想摆脱就难上加难了。我们在冷静的时候，只看重事实，看重实际情况。你要说你想说的话，别说你应该说的话，无论什么真理都好于虚伪。当人们问断头台上的补锅匠汤姆·海德有什么话要说时，他说："转告裁缝们，在缝第一针之前，一定要先在线尾处打个结。"……

即便你的生命十分低贱，也要勇敢面对，生活下去。不要逃避，更不要破口大骂。它没有你那么坏。你最富裕的时候，其实也最贫穷。即便在天堂，爱挑剔的人也能找到缺点；就算贫困，你也要热爱生活；即便生活在济贫院里，也有愉悦、快乐和荣耀的时刻。夕阳映照在济贫院的窗户上也那么光明，跟照射在富人家的窗上别无两样。早春，门前的积雪同样消融。我看，一个泰然的人，在那里也像生活在皇宫里一样，开心快乐，称心如意。我看城镇中穷人的生活，才最自由，不受束缚。或许因为他们崇高，因此当之无愧。很多人都认为他们是超脱的，不依靠城镇的救济。其实不然，他们总是运用卑鄙的手段谋生，根本不是超然的，甚至可耻。把贫穷当成园中的花草，然后像圣人一样培育它吧！不要翻新花样——找新伙伴或新衣服来烦扰自己。寻找旧的，回到那里去。万物没有变，变的是我们。你可以卖掉衣服，却要保存思想。上帝将担保你能脱离社会。假如我必须整天像蜘蛛似的藏在阁楼的角落里，我只要还有思想，那么世界对我而言，就还是广阔无垠的。哲学家说："三军可夺帅也，匹夫不可夺志也。"不要急于成功，不要向那些愚弄你的势力妥协——这无异于在浪费。低贱好像黑暗一样，闪烁着美丽的光。虽然我们被贫困与低贱的阴影包围，"可是，快看！我们的视野扩大了"。我们总是被警醒，即使被赐予克洛索斯的巨大财富，也不改变我们的初衷，我们的方式也仍然不变。何况如果你饱受贫穷之苦，比如连书报都没钱买，那时你不过是被最有价值、最重要的经验给束缚了：你毕竟要跟那些能够分解出最多糖分和淀粉的物质接触。最靠近骨头的地方，生命最甜美。你不会去做无趣的事了。在上的人豁达大度，不会损害在下的人一丝一毫。用多余的财富购买来的东西都是多余，而人的灵魂所需要的东西是不能用钱买的。

　　我居住在一个铅墙的角落里，那里已经掺入了一点钟铜合金。我午休的时候，外面总是传来一种混杂的叮叮声。这是跟我同一时代的人的声音。我听着邻居们津津乐道，说他们跟那些著名的先生、女士的巧遇，他们在晚宴上遇到的那些贵族。可我对于这些，就像对《每日时报》一样，兴味索然。一般人的乐趣和谈话内容总是有关服饰和礼节，可是不管你如何打扮它，笨鹅永远是笨鹅。他们说加利福尼亚和得克萨斯、英国和印度、佐治亚州或马萨诸塞州的某某大人，都是暂时的、稍纵即逝的现象，我几乎要像马穆鲁克的省长似的逃离他们的庭院了。我想特立独行，不喜欢浓妆艳抹，自我炫耀，引人注意。就算我能跟建造这个宇宙的大师并肩同行，我也不愿意——我不愿意生活惶恐、变态、慌乱。19世纪的生活太琐碎，我宁愿站着或坐着思考，任凭它逝去。人们为什么在庆贺？原来是他们都加入了某项事业的筹备委员会，随时准备听人演讲。今天的主席是上帝，韦伯斯特是他的演讲家。对于那些强烈而合理地吸引我的事物，我总爱测量重量，再处理它们，向它们靠近——绝不会拉住磅秤的横杆，减轻重量；也从不假设某种情况，而是依照实际去做。在我唯一能旅行的路上旅行，在那里，没有哪种力量能阻拦我。我不会在建造厚实的基础之前先建造一个拱门而自我满足的。我们不能冒险，任何事物都得有个坚实的基础。我曾读到，一个旅行家指着自己眼前的沼泽问一个孩子，那里是否有一个坚实的底。孩子说有。但是，旅行家的马却立即深陷其中，一直到肚带的位置，他说："你说这里有坚实的底。"孩子说："没错，只是它很深，你才达到一半的深度呢。"社会的沼泽和泥沙也是这样，却只有老人和孩子才能明白。或许只有那些在很难得、很巧合中，想起和说出事的才是好的。我不想做那样的人。在只有板条和灰浆的墙上钉入一只钉子，如果这样做了，我会彻夜不眠。给我一个锤子，让我用手摸摸板条，不要仅凭外表涂抹着的灰浆。钉进一根钉子，让它实实在在地钉紧，即便我在夜里醒来，也会很自豪——这样的事，即便文艺女神来观看，也问心无愧。这样做，并且只有这样做，上帝才会帮你的忙。钉进去的每一个钉子，都应该成为宇宙这部大机械中的一部分。这样，你才是在坚持这个工作。

我不需要爱、财富和声誉，我只想要真理。我坐在一张餐桌

前,上面摆满了珍馐佳肴,并被恭维,但那里缺乏真理和真诚。以至于宴席结束,我从那冷漠的桌上回去后,饥饿难忍——那是像冰一样冷的招待,我想根本不需要再用冰去冻它们了。他们对我讲酒的年代和名称,我却想要一种更古典,却又更新、更纯净、更高贵的饮品,可他们那里没有,买都买不到。在我看来,式样、建筑、花园和"娱乐",都是形同虚设。我去拜访一个国王时,他让我在客厅等待,好像很热情。我有个住在树洞里的邻居,他才真有王者风范。如果我去拜访他,一定比来这里强。

我们还要在走廊里坐多长时间?还要花费多少时间来践行那些陈腐的规章制度,使一切工作荒谬绝伦?这就像一个人,每天清晨苦苦修行,并专门雇用了一个为他种土豆的人;下午,他则怀揣着事先准备好的爱心外出践行基督教徒的温和与善良!想想人类那种凝滞的自满吧。这一代为自己是光荣传统的最后一代而沾沾自喜,可在波士顿、伦敦、巴黎、罗马,它们历史同样悠久,同样在为自己文学、艺术和科学的发展而自鸣得意。哲学学会的记录中,公开赞颂伟人的文章多的是!亚当在炫耀他的品德了。"是的,我们从事了崇高的事业,唱出了圣洁的歌,它们是永存的"——如果我们对它们念念不忘,它们当然永存。但是,请问古代亚述的有学识的团体和他们的伟人现在在哪?我们是多么年轻的哲学家和实验家!我的读者中,还没有一个人过完了完整的人生,这些或许只是人类春天的几个月。就算我们得上了需要七年才能治愈的癣疥,我们也并没有看到康科德遭受过的16年蝗灾啊。我们只知道我们得以生存的地球上的薄薄一层,绝大多数人并没有到过水下6英尺深的地方,也没有跳到过6英尺以上的高度。我们不知身在何处,何况我们有近一半的时间都在昏睡。然而我们却自作聪明,以为为地球创立了规则。我们倒真是高深的思想家,心怀抱负!我站在森林中,看到有只昆虫在地上的松针里缓缓爬行着,试图逃离我的视野而把自己藏了起来。我自问,为什么它这么谦虚,为了躲开我而藏起自己的头呢?而我或许能帮它,能给它这个种族带去很多福音!这时,我不由自主地想起了我们更崇高的施恩

者、大智慧者，他也在俯瞰着我们这些像虫子一样的人。

这个世界上，奇特的事物正永无止境地涌现，可我们却承受着难以想象的愚笨。我只要说说我们还在最开明的国土上听着什么教导就够了。现在又有了欢快、悲伤这类词，可这些不过是用鼻音哼出的赞美诗的叠句而已，实际上我们的信仰仍旧庸俗、低贱。我们以为只要改换服饰就可以了。听说大英帝国很辽阔，很令人崇敬，而美利坚合众国却是一等强国。其实，每个人身后都有波涛云涌，这波涛能像浮起一个小木片一样地浮起大英帝国，假如他决心铭记这个。谁能预料下次会有怎样的17年蝗灾发生？我生活的世界的政府，不像英国政府那样在晚宴后畅饮美酒、说说笑笑就建立起来了。

我们体内的生命就像河中的水，它可以今年大幅上涨，达到空前的高度，洪水涌上干枯的高地。或者这将是一个多事之年，将淹死我们所有的麝鼠。我们的生存之地未必总是干旱的土地。我看到很久很久以前，内陆就有河岸，早在它们的泛滥还没有得到科学的记载之前，就曾被江河涤荡过。人们一定都听说过那个新英格兰传说，从一个古老的苹果木桌子的干燥的活动桌板中，爬出了一只强健而漂亮的爬虫，那是一个已经在农夫的厨房中存放了60年的桌子。从康涅狄格州搬到马萨诸塞州，那卵在六十多年前就在里面了，那时苹果树还活着，这是依据它外面的年轮得出的结论。它早在几个星期前，就在里面啃了，可能是因为一只钵头传了热，它才能孵化出来。听了这个故事后，谁的复活和不朽的信念能不得到增强呢？这卵埋藏在数层的、一圈又一圈围起的木头中已经几个世代了,放在无聊的社会生活中,最初在顽强地活着的白木质之间,后来这东西逐渐成了一个风干了的坟墓——也许它已经啃了好几年了,那声音令在这个餐桌前欢宴的一家人惶恐不安——谁能想到如此漂亮、会飞的生命会从社会上最低贱的、别人送来的家具中忽然爬出来,享受它至善至美的生命之夏呢!

我不是说这一切连约翰或乔纳森这些平常人能够明白。可是时间虽然流逝,而明天的黎明迟迟不来时,它具有这样的特质。对我们来说,令我们双目失明的那种光明是黑暗。天,只有我们睁眼醒来时才是亮的。天亮的日子有很多,太阳只是一个晓星。